五郎、ついに映画化！

思い出のスープの
味を求めて
パリ、韓国、五島列
五郎が世界を
かけめぐる！

かつての恋人である
小雪の娘・千秋の連絡を受け
パリへ向かった五郎が受けた
依頼とは……？

長崎・五島列島

千秋の祖父・一郎の
思い出のスープの
味を求めて
長崎・五島を訪れた五郎。
……のはずが、なぜか
韓国領の島へ漂着!?

韓国・南風島(ナンプンド)

パリで出会う人たち

入国審査官
(ユ・ジェミョン)

松尾千秋
(杏)

松尾一郎
(塩見三省)

東京・ラーメン店

あるラーメン店主との
出会い……
東京に戻っても
五郎のスープ探しの
旅は続く

東京で出会う人たち

店主
（オダギリジョー）

中川
（磯村勇斗）

韓国で出会う人たち

志穂
（内田有紀）

松重 豊が
初メガホン！
監督・脚本も
兼任!!

テレビ東京開局 60 周年特別企画

劇映画

孤独のグルメ

監督：松重 豊
脚本：松重 豊・田口佳宏
主演：松重 豊

CAST
松重 豊
内田有紀　磯村勇斗　村田雄浩
ユ・ジェミョン（特別出演）
塩見三省　杏　オダギリジョー

2025 年
1月10日（金）全国公開
https://gekieiga-kodokunogurume.jp

劇映画
孤独のグルメ
シナリオブック
完全版

扶桑社

「この映画のはじまりのはじまり」

松重 豊

東日本大震災の襲った2011年は、僕らの業界へも激震をもたらしていた。3月以降さまざまなコンテンツの撮影が中止に追い込まれ、テレビ欄からドラマが消えた。コロナ禍の記憶ともはや混同してしまいそうになるが、当時の方が若かったぶん将来への漠然とした不安に苛まれたのは間違いない。それでも夏ごろまでには息を吹き返しつつあった芸能の世界。しかし節約節電のスローガンのもと、経費削減が国策のように謳われ現場に漂う空気は重く沈んだものだった。

それでも頂けるお仕事はありがたく頂戴し、粛々と前に進んでいた頃、変わった仕事の依頼を受けた。深夜ドラマの主役を演じてみないかというのだ。僕のような長身強面の中年俳優は刑事かやくざなどの端役のオファーは途切れないにせよ、主役の器では無いことは十分承知している。しかし当時は今ほどドラマに力を入れている印象の薄いテレビ東京であること、深夜1時頃のオンエアであることから、岐路にさしかかったテレビ界の窮余の策であることは想像できた。話を聞くために伺った共同テレビの狭い会議室には局のプロデューサーと制作会社の吉見さんがいた。もう冬の気配を感じる時期だったのに、オンエアは来年の1月。別の番組が飛んだか主役が逃げたかのどちらかだろうと勝手に推測した。そういえば目の前にいるふたりはおどおどしている。何か大切なことを隠しているかのように挙動不審だ。初対面で不安感しか抱かなかったが、その後いつ会っても吉見さんはそんな感じの人だった。

渡された原作に目を通す。およそドラマとして成立させることを拒絶するかのような世界感。物語ではなくドキュメンタリーとして淡々と描写していくことでしかこの本と向き合うことは不可能だ。既存のドラマトゥルギーで解釈し、それをお客さんに提示すると必ず痛い目に合う。僕がその時点で制作側に念を押したのはただ一点。原作の世界感を保ちつつ作品として成立させることを全員で共有できますか、ということ。

まもなく撮影に入ったが、低予算度は僕の想像を超えていた。撮影照明録音各1名、監督とビデオエンジニア、そして局Pと制作P。僕を含めて8人ぐらいでクランクインした。後から知ったことだがこの組は共同テレビのドラマチームではなかった。共同テレビ内子会社のベイシスという所に所属している遊軍的バラエティ班の人たちだった。当然ドラマは撮ったことがない。しかもほぼ全員僕より年上だ。そんななかビデオエンジニア通称VEの赤松さんだけが若い頃ドラマの現場でならしたことがあって、監督ではなく赤松さんの指示でカット割りが進められていく。

とんでもないところに来てしまったこと、そして自分がその主役として作品が世に提示されることに心底震えた。だから今まで映像の現場にいて知り得た知識は遠慮無くアイデアとしてお伝えした。そんなおじさんたちが一生懸命、これまでのドラマ作りをひっくり返すような作品に取り組んでいる。しかも僕を含めた全員が陽のあたるメインストリートを歩んで今に至っている人たちではない。僕にとって、まさかこれが自分自身のターニングポイントになる作品かもしれないなんていう夢想すら打ち砕くような真冬の日々だった。

視聴率の報告も低脂肪乳の乳脂肪分にも満たない1%ほどの数字で、深夜に消し忘れたテレビがカウントされている誤差の範囲の世界だった。それでもおじさん達と戯れている時間はかけがえのないものだった。監督の溝口さんは大のお酒好きで店選びでも居酒屋が大半を占め、僕が食べることになるメニューもなんだか酒のつまみの塩っぱいものが並ぶことが多く、よく文句を言った。てへへと笑うと憎めないくしゃくしゃの笑顔で返し、そんなやりとりすらも小さな家族でもの作りに取り組んでいるかのような温かみがあった。予算はないし、人もいない。僕のギャラだって一度文春が松重はこれだけしか貰ってないという記事を載せたことがあったが、ずっとその額にも満たなかった。

溝さんはもうひとり別の監督の撮影の時も現場に来る。来て店の隅でお酒を呑んでいる。時々手伝ったりするけど、日本酒は手放さない。そんなどうしようもない人なんだけど、あるとき僕に一冊の文庫本を差し出した。荻原浩さんの「ハードボイルド・エッグ」という小説だった。

「松重さんにね、これをやってほしくてね」

溝さんが長年温めていた構想を語ってくれた。僕は心底嬉しかった。そして本当にこのひとはお芝居を愛している人なんだと確信した。それまで長年ドキュメンタリーとかバラエティの監督をやってきた。でもいつか実現させたい夢はこの小説の映画化なんだと。それは直ぐには実現できないけど、いつか必ずやりましょう。僕は酒臭い溝さんの目を真っ直ぐ見つめて言った。

あれから13年が経ち、いまだに僕はこの番組から卒業していない。スタッフもシーズンを重ねるごとにひとり増えふたり増え、今は普通のドラマの体をなしている。しかしそこに溝さんの姿はない。２０１９年春、溝さんは帰らぬひとになってしまった、呆然とする僕らを残して。

精神的支柱を失って「チーム孤独」の屋台骨は揺らいだ。だがシーズンを重ねていくことは当たり前のように期待されていく。吉見Pも会社の重役になり現場に来なくなった。それでもなんとか続けてみようと努力した。しかしこのドラマの現場に夢を抱くことができなくなった若いスタッフが軒並み去っていく現実を目の当たりにして、最後に僕は大きな博打を打つ覚悟を決めた。

それがこの「劇映画 孤独のグルメ」の制作にいたる経緯である。

当然溝さんが生きていたら、彼が構想する劇映画に「チーム孤独」は全精力を傾けたはずである。しかし置いてけぼりの僕と赤松さんは、「監督」と「撮影監督」としてほんの小さな「孤独のグルメ」を大きな映画として成功させるべく、あの時のように駆けずり回ったのだ。

「いやぁ、楽しかったよ、溝さん」

目次

BOOK STAFF

巻頭言　松重　豊
脚本　松重　豊　田口佳宏
構成　望月ふみ（松岡錠司対談）
　　　鈴木まこと（土井善晴対談）
撮影　杉原洋平（対談）
装丁・ＤＴＰ　西野直樹デザインスタジオ

劇映画
孤独のグルメ

シナリオ 完全版

ＪＡＬ国際線・プレミアムエコノミー席

客席のシートベルト着用サインが消灯。

×　×　×

ギャレーで機内食の準備をするＣＡ①。

×　×　×

ギャレーのカーテンが開く。

ＣＡ①が配膳ミールカートを押して出てくる。

ＣＡ①②「お手元、足元、失礼致します」

と言いながら、客席の通路を通る。

ＣＡ①、先頭の客席から給仕を始める。

外国人乗客に「ビーフ?ヤキトリ?」と尋ねるＣＡ①。

「ビーフ」「ビーフシチュー」と答えている客が続く。

ほぼ外国人乗客で満席である。中央４人席の４列目に、ルーマニア人マダムと恰幅のいいフランス人男性に挟まれて座る井之頭五郎。
気になって前の方を見ている。

五郎M「メシの時間か……どんな料理だろう?」
CA①、3列目に給仕中

CA①「お待たせ致しました。いかがなさいますか?」
「ん…ビーフシチューで」と答えている客。

CA①「ビーフシチュー。かしこまりました」

五郎M「ビーフ!ビーフとなんだろう?」
思わず、前方を覗き込む五郎。

×　×　×

CA①が五郎の列に進んできて、給仕している。
CA②がルーマニア人マダムにアントレカードを配る。

CA①「(五郎に)お待たせ致しました。こちら本日のメニューでございます」
五郎、渡されたアントレカードを見る。

メニュー『ビーフシチュー』『焼き鳥丼』。

五郎M「この2つか。ん〜〜」

CA①②が五郎の両隣のオーダーを聞く。

フランス人男性「ビーフシチュー」

ルーマニア人マダム「ヤキトリ、プリーズ」

CA①「(五郎に)お決まりですか」

五　郎「もう少し待って頂いていいですか」

CA①「かしこまりました」

渡されたアントレカードを手に悩む五郎。

右脇を見ると、

フランス人男性がトレーの蓋を開け、ビーフシチューが見える。

五郎M「ビーフシチューのデミグラスはそそるし……」

左脇も見る五郎

五郎M「焼き鳥のタレ味も捨てがたい」

ルーマニア人マダムがトレーの蓋を開け、焼き鳥丼が見える。

五郎M「ん〜〜悩ましい」

アントレカードを食い入るように見つめる五郎。

CA①「（五郎に）お客様、お決まりでしょうか？」

五　郎「ビーフシチューお願いします」

CA①「はい、ビーフシチューですね」

CA①が配膳ミールカートを確認する。

そしてCA②にアントレカードを見せて確認するが、

首を振るCA②。共にビーフはなく。

CA①「お客様、恐れ入ります。こちらにご用意がなくなってしまったので、すぐ戻って参ります」

五　郎「…（頷く）」

CA①②が前方に戻っていく。

五郎、席を立って機内を見る。

五郎M「お隣以外、みんなビーフ？　こんなことある？」

チャイムが鳴りシートベルト着用サインが点灯。

気流の悪いところを通過するとの機内アナウンスが流れ出す。

「皆様にご案内いたします…」

五　郎「え？」

「……（引き続き）お食事サービスの途中ではございますがこの先揺れが予想されております。機長の指示によりしばらくの間サービスを中断いたします…」

五郎M「俺のメシは？　…マジかよ」

五郎、席に座り両隣を見ると、共に食べ始めている。

「……（被って、引き続き）この揺れがおさまりましたらサービスを再開いたします…皆様のご理解をお願い致します」

五郎M「（アナウンスに被り）くぅ～～、（固く目を瞑り）瞑想してやりすごそう」

×　　×　　×

飛んでいるＪＡＬの機影。

×　×　×

派手な動きで目を覚ます五郎。

五　郎「（大声で）あ！……ソーリー、ソーリー」

と、周りの乗客に謝る五郎

五郎Ｍ「寝ちまったか」

目の前に『お目覚めですか？』シールに気付く五郎。

五郎Ｍ「え？」

シールを手に取る。（もう一枚、無意識に持っていて）

２枚を両手に持って混乱する五郎。

五郎Ｍ「…２食食いそびれたってこと？」

フランス人マダム「（英語）よく眠ってらしたわねぇ」

と五郎に微笑みかける。

五　郎「……。（ハッとしてＣＡに）あ、すいません」

CA①「はい、いかがなさいましたか?」

五郎「(2枚のシールを見せ)あの、食事を……あの2食、食べてないんです。ビーフください!」

CA①「かしこまりました、少々お待ちください」

と、ギャレーに戻っていくCA①。

するとシートベルト着用サインが点灯し、着陸態勢の機内アナウンスが流れる。「皆様にご案内いたします……」

五郎「え?」

「……(引き続き)シートベルトをしっかりとお締めください。

これから着陸まで揺れることが予想されます……

(英語でのアナウンスが続く)……」

慌てて戻ってくるCA①。

CA①「(アナウンスに被り)お客様、大変申し訳ございません。このまま着陸態勢に入りますので、お食事のご提供ができかねます。宜しければこちらをどうぞ(とドライ納豆2

袋を渡す)」
五　郎「……(受け取り) ありがとうございます」
　手元の2袋。【ドライ納豆(梅風味)】
　五郎、1袋をしまい、もう1袋を開ける。
五郎M「……コレ大好きだけど」
五　郎「……。いただきます」
　流し込み食いする五郎を不思議そうに見るフランス人男性。
五郎M「嗚呼…2食分の空腹は埋められない」

パリの街並み

　パリ市内の俯瞰情景。
　市内を走るタクシーの車窓。

エッフェル塔付近

停車したタクシーから五郎が降りてくる。
ボストンバッグと大きな平たい荷物を持っている。

五　郎「(タクシー降りて）はぁ」
周りを見回す。

五郎M「え～っと、こっちだな」
五郎、一歩踏み出し、歩いていく。

×　×　×

歩いている五郎。腕時計を見て

五郎M「約束の時間まで、まだある」

×　×　×

歩いてきた五郎、立ち止まる。

五郎M「しかしそれにしても」

五郎、直立不動。

五郎M「腹が、減った」

×　　×　　×

孤独カット（ＬＳでエッフェル塔の全景が見える）。

×　　×　　×

五郎M「よし、店を探そう」

頷き、歩き出す五郎。フレームアウト。

エッフェル塔にタイトルーN

『LE GOURMET SOLITAIRE』

パリ市内〜ル・ブクラ・前

ニル通り近くの街並み。

Ｔ『フランス　パリ』

五郎、バッグと荷物を持って階段を上ってくる。

五郎M「……さぁ何を食う？　この街並みは俺をどこに誘《いざな》う？……ここで失敗したら1年は尾を引く」

階段の上で息を整える。

五郎M「絶対に外せんぞ」

歩き出す五郎。

×　　×　　×

ニル通り入口に続く道にやってくる。

壁画イラスト前で立ち止まり、イラストと同じお手上げポーズをする五郎。

五郎M「王道フレンチか、大衆ビストロか、ん～、とりあえず前進……」

五郎、慌てて再び歩き出す。

×　　×　　×

五郎、ニル通り沿いの店を覗きながら歩いていく。

五郎M「パリの正解メシは何だ？…う～ん……」

やがて肉屋が気になり覗く五郎。

五郎M「……肉屋か……」

肉屋の隣に視線を向けてから前に進む。

五郎M「こっちは……」

今度は魚屋。店内を覗く五郎に魚屋の主人が声をかける。

魚屋主人「(フランス語)やぁ、元気？(調子はどう？)」

五　郎「あっ、さ、鯖？　ああ、サヴァ、サヴァ(元気です)」

五郎、先に進むと、すぐ八百屋。チーズ屋。

五郎M「ん～、食材を見せつけられて空腹が加速する。この通りは腹ペコ男にとって、いばらの道だ」

×　×　×

通りを歩いている五郎、左に曲がるとル・ブクラのある通りに出てくる。

五郎M「……異国の地で悩みだしたら切りがない。早く決めよう」

五郎、そのまま左側歩道を歩いていく。

左手にアルゼンチン料理の店がある。

五郎、ゆっくり歩きで確認するが

五郎M「この店はどうだ?」

店先の女性客「(フランス語)ていうか、

前の職場なんて仕入れとかはね……」

男性客「へぇ……そうなんだ」等々。

テラスで話しているお客の料理を見て

五郎M「……ちょっと違うな」

五郎、左右を見ながら歩いていく。

五郎M「……やっぱり王道のフレンチで攻めたい……あれは?」

右前方に店(ル・ブクラ)が見える。足早に近づく五郎。

横断歩道を渡り、ル・ブクラの前に。

窓から中を覗くと、店内が見える。

五郎M「おぉ、メシ屋だ。お!」

店内を覗く五郎の顔（店内から）。
窓際の席に老人男性（実は店主）が座っており、
フォアグラのキャベツ包みを食べている。

五郎M「ロールキャベツ発見……いいじゃないか。俺の腹が、グッときている」

五郎、入口の方に移動する。
そして、少し下がって、店の全貌を見る。

五郎M「店構えもいい。よし！」

五郎、そのままドアを開けて入店する。

ル・ブクラ・中

店に入ってくる五郎。入口前で立っていると、

ママの声「（フランス語）いらっしゃいませ」

五　郎「……（会釈）」

と、奥からママが現れて。

ママ「（フランス語）ようこそ。こちらへどうぞ」

と、入口すぐ近くのテーブルに案内する。

五郎「メルシー」

ママ「メルシー」

荷物を置いて、カウンターを背に座る五郎。

ママがメニューを持ってきて五郎に渡す。

ママ「（フランス語）メニューになります。どちらから起こしですか？（英語）Which country?」

五郎「ジャポン」

ママ「（フランス語）日本！そうですか、ごゆっくりどうぞ（と、さがる）」

五郎「メルシー」

五郎M「ル・ブクラ」

五郎、メニューを開く。

メニュー表紙『LE BOUCLARD』『RESTAURANT』の文字。

五郎M「さて、どんな料理が……」

前菜とメインコースのページ。上から順に見ていく。

五郎M「……オニオンスープ。これは、いっときたいな」

厨房の階段を上がってくるママ、ビーフブルギニョンを運んでくる。

ママ、五郎が興味津々で見ているのに気付くと、

立ち止まり、皿を五郎に見せる。

ママ「(フランス語)こちらは当店お勧めのブッフ・ブルギニョン。(英語)ビーフ・ブルギニョン。素晴らしい一品です」

五　郎「ビーフ!　トレビアン!」

ママ、微笑むと、老人男性に運んでいく。

五郎M「機内で逃したビーフ」

ママが戻ってくるところを捕まえる五郎。

五　郎「あ(手を上げて)オーダー、オーケー?」

ママ「(フランス語) はい、どうぞ」

　メニューを広げ、指差しながら注文を開始する五郎。

五郎「オニオンスープ、シルヴプレ」

ママ「(フランス語) はい」

五郎「アンド、ビーフ、シルヴプレ」

ママ「(フランス語) ビーフ・ブルギニョン、承知致しました。ありがとうございます (と、さがる)」

五郎「メルシー」

　五郎の目の前の棚には写真や本が飾ってある。

　店内を見回しながら待っている五郎。

　そこにメールの着信音。

五郎M「ん?」

　携帯電話を開く五郎。

　松尾千秋から『井之頭様　千秋です。お世話になっております。

無事到着されましたでしょうか？』
五郎、メールを打って返す。
五郎M「予定通りパリに到着しました。今、LE BOUCLARDというレストランにいます、と」
するとママがオニオンスープを運んでくる。
ママ「（フランス語）こちらがオニオンスープです」
五郎「メルシー」
五郎、スープを眺める。
×　×　×
孤独のグルメ紹介カット
【オニオンスープ】
×　×　×
五郎「（手を合わせ）いただきます」
五郎、まずはスープのみをすくって飲む。
五郎M「……熱っ……でも、旨い！」

さらに、もう一口飲む。

五郎、さらにスープを飲む。飲む。

五郎M「……タマネギの甘味が凄い。旨味がどんどん押し寄せてくる。……とんでもないスープだ……甘味からのチーズの塩っ気が絶妙すぎる。熱いのにスプーンが止まらん」

スプーンいっぱいのチーズに齧りつく五郎。

五郎M「……チーズが切れない……大丈夫、だよね」

チーズと一緒にスープを飲み、幸せそう。

五郎、パンも、スープに付けて食べる。

五郎M「……スープに国境はない。俺は今、世界中に、これを配って歩きたい……」

五郎、そのスープを最後まで、しみじみと味わう。

五　郎「(食べ終わり)うん……」

ナプキンで口を拭く五郎。

そこに、ママがやってくる。

五　郎「(フランス語)セボン……」

マ　マ「(フランス語) ありがとうございます。お皿をお下げ致しますね」
　食べ終わった皿を下げるママ。
　×　×　×
　孤独のグルメ紹介カット
【ビーフブルギニョン】
五郎M「ビーフ、やっと捕まえた」
　×　×　×
　五郎、そのビーフを口に運び、幸せそう。
五郎M「……この牛、せっかく捕まえたと思ったのに、瞬く間に胃袋に逃げていく……」
　一口、もう一口と齧りつく。
五郎M「……これぞフレンチの王道。ヤバいな……白飯が欲しくなってきた……」
　あまりの美味しさに食べる。食べる。
　目の前のパンを手に取り、
五郎M「……ご飯がなければ……」

その上にビーフを乗せる五郎。

五郎M「……こうだろう」

さらにその上にスープもかける。

五郎M「これが俺の、フランスパン革命だ！」

五郎、そのパンを豪快に齧り付く。

五郎M「……スープから肉へと進軍し、フレンチのクーデターを成し遂げた。俺は今、ナポレオン、かもしれない」

五郎、パンも食べ終え、残すところ少し。

名残惜しそうに味わい、食べ終わる。

五郎M「オニオンスープも、ビーフも、凄すぎ。どうしよう……パリに通いたい店が出来てしまった」

五郎、手を合わせようとして

五郎M「ごちそう（さま）……いやいや……」

五郎、注文しようとママを探していると、通りを歩いて来る松尾千秋。

窓の外から老人男性と話す。

千　秋「(フランス語) こんにちは、ムッシュ」
老人男性「(フランス語) こんにちは、千秋。久しぶりだねぇ」
千　秋「(フランス語) ……はい」
老人男性「(フランス語) ようこそ、ブクラーへ！」
千　秋「(フランス語) あ、いいえ、お食事に来たのではなくて、」

千秋に気づき、席を立つ五郎。

千秋の声「あ」
千秋も五郎と、目が合う。
千　秋「井之頭さんですか」
五郎の声「はい」
千　秋「初めまして、松尾千秋と申します」
五　郎「初めまして、井之頭です」
千　秋「あ、今、そっちに行きますね」

五郎「あ、だ、大丈夫です（ママに）あ、ごちそうさまでした。メルシー。チェック、シルヴプレ」

ママ「（フランス語）はい。今、お持ち致します」

凱旋門が見える通り

歩きながら話す2人。

千秋「さっきのお店はご存知だったんですか？」

五郎「いえ。窓際のお爺さんが美味しそうに食べてたので、ついつられて入りました」

千秋「あのお爺さん、あそこのご主人なんですよ」

五郎「そうなんですか」

千秋「（笑って）はい」

五郎「はぁ……」

千秋「私、あそこのオニオンスープが大好きで、仕事帰りによく食べに行くんです」

五郎「あれは絶品でした！　本場パリのオニオンスープは凄いですね（笑う）」
千秋「（笑って）はい」
千秋「あっ、でも、お店によって作り方も見た目も味も全然違うんですよ」
五郎「へぇ。じゃあ、あの店は当たりだ」
千秋の声「はい」
笑いながら歩いていく五郎と千秋。
道路の奥に凱旋門が見える。

マンション・中〜松尾家・部屋

扉を開けて五郎を案内する千秋。
千秋「どうぞ」
二人がロビーに入ると、丁度住人がおりてきて。
千秋「（フランス語）こんにちは」

住人「（フランス語）こんにちは。あら、今日は仕事には行かれないの？」
千秋「（フランス語）いいえ、お休みを取りました。お客様がいらしてるので」
住人「（フランス語）（五郎に）はじめまして」
五郎「（フランス語）こんにちは」
住人「（フランス語）では、良い一日をね」
千秋「（フランス語）ありがとうございます。良い一日を」
住人「さようなら（では、また…）」

マンションのエレベーターに乗り込む千秋。

千秋「あ、すみません、これちょっと小さいんですけど、良かったら……」

五郎、エレベーターに乗ろうとして荷物が挟まる。

五郎「ちょっとすみません……」
千秋「（被って）ぐっと、ぐっと入っちゃって下さい」
五郎「はい、すみません……あっ、（すいません、はい）……」

× × ×

部屋の中。

千秋の声「どうぞ。お入り下さい」

入ってくる千秋と五郎。

五　郎「お邪魔します」

千　秋「長時間のフライトでお疲れじゃないですか？」

五　郎「いや、大丈夫です。ぐっすり眠れたんで」

千　秋「そうですか」

千秋、コートを置きに別室へ。

中に通された五郎、窓の外を見る。

小雪と千秋の2S写真が写真立てに飾られている。

それを見た五郎、小雪のことが胸によぎる。

五郎M「……小雪とパリで暮らしたのは、遠い昔の話……」

千秋、五郎が写真を見ていることに気付き、近づく。

千秋「最後に日本に戻ったときの写真です」

五郎「(写真を見ている)」

千秋「母が亡くなる前、私に言ってたことがあるんです」

五郎「……(千秋を見る)」

千秋「日本で何か頼みたいことがあったら、井之頭五郎という人を頼りなさい、って。きっと力になってくれるからって」

五郎「そんなことを」

千秋「……はい」

五郎「……頼って頂けて光栄です」

頭を下げる五郎。

千秋も頭を下げる。

千秋「……早速ですけど、祖父の部屋にご案内しますね」

ノックの音先行して——

×　×　×

千秋が祖父の部屋の扉を開けて中へ。

千　秋「お爺ちゃん、井之頭五郎さんが来て下さったよ」

五　郎「初めまして井之頭です。ご依頼頂いた絵画をお持ちしました」

椅子に座って迎える松尾。

五郎、荷物の梱包を解き、松尾に絵画を渡す。

谷口ジローさんの絵画。

古き良き昭和の街並みを描いた絵である。

松　尾「あぁ……ここだ……ここだよ…」

千秋も眺めている。

千　秋「この辺りに住んでたの?」

松　尾「うん……住んでた……。写真は記憶になる……絵画はそれを思い出に変えてくれる」

松尾、千秋に絵画を渡す。

千秋は絵画を決めていた場所に飾る。

松　尾「(五郎に)どうぞ」

五郎「あ、失礼します」
松尾の横に座り、飾られた絵画を見る五郎。
五郎「……（嬉しそう）」
椅子を持って来て松尾の側に座る千秋。
松尾「井之頭さん、って言ったかな」
五郎「はい」
松尾「ついでにもう一つ。私の頼みを聞いてもらえないだろうか」
五郎「ああ……どういったことでしょうか？」
松尾「……子供の頃におふくろがよく作ってくれた汁があってね」
五郎「はは……」
松尾「それをもう一度飲みたいんだ…」
五郎「は……」
松尾「……いっちゃん汁、っていうんだ」
五郎「いっちゃん汁……（聞いたことないな）」

松　尾「(頷き) うん」
千　秋「祖父の故郷、五島列島の郷土料理をアレンジして作ったスープみたいなんですけど」
松　尾「……出汁がいいんだよ」
五　郎「ああ、はぁ……」
松　尾「優しい味なんだけど、動物、魚、野菜、色んな旨味がちゃんとわかる汁だった」
五　郎「(聞いている)」
千　秋「その出汁が、海の幸と山の幸が絶妙に交ざりあったものらしいんですけど、ネットで調べても全然わからなくて……こっちの食材だと上手く出来ないんです」
五　郎「……ああ、はぁ……」
松　尾「もう日本に帰るのは諦めている。だがな、あのいっちゃん汁だけは、どうしてももう一度飲みたいんだ……。頼まれてくれないか」
五　郎「いや、それは……料理の素人の私には、荷が重いかと……」
千　秋「お爺ちゃん。急にそんなこと言ったって無理だよ。井之頭さんだって、困ってるじゃない」

五　郎「ああ」

松　尾「……食材を探してくれるだけでも構わない。それさえあれば、この子がなんとかするはずだ」

五　郎「（考えて）……。探そうにもどう探せば……五島列島に行ってみるしかないか……」

松　尾「行ってくれるかい！」

千　秋「いいんですか？本当に」

五　郎「（圧倒され、思わず）えっ、あっ、えーやれるだけやってみます」

千　秋「ああ、良かった。私一人ではどうしようもなかったんです」

五　郎「ええ」

千　秋「でも無理だったら無理だ、って言って下さいね」

五　郎「あ……」

五　郎「あ、はい」

五郎、手帳とペンを出し

五郎「あの、じゃあ、そのスープについて、詳しく教えて頂けますか?」
松尾「ああ、そうだな……お袋は小さいときにね……」
話す3人の向こうに掛かる谷口ジローさんの絵画。

長崎県・五島列島

雄大な島の絶景。
メインキャストのテロップ。
× ×
フェリーに乗り、五島列島に向かう五郎。
タイトル—N『劇映画・孤独のグルメ』
クレジット。

長崎県・五島列島（奈留島）

島らしい景色。

T『長崎県　五島列島』。

上陸した五郎が海沿いを歩いている。

フランスに行った時と同じバッグを持っている。

五郎M「ここが松尾さんの故郷か。いいところじゃないか」

五郎、教会の前で足を止める。海を見やると、SUPをやっている人が結構いる。

五郎M「整理すると、出汁に使う食材は4つ。海の幸はなにかの海草と、なにかの魚。山の幸は椎茸の可能性が高くて、もう一つはおそらく豚骨」

携帯に滝山からの着信があり、五郎、出る。

五　郎「あぁ、滝山、なんかわかったか？」

滝山の声「全然だな」

×　×　×（滝山のオフィス・ベランダ）

アイスを食べながら、スマホで電話をしている滝山。

滝　山「九州の知り合いに、もうかたっぱしから電話して聞いてみたけど、だーれも（誰も）いっちゃん汁のこと知らなかったぞ、おい」

×　×　×（五島列島・海沿い）

五　郎「そうか。今これから、お前がアポ取ってくれた役場に行くとこだ」

×　×　×（滝山のオフィス・ベランダ）

滝　山「まぁ、何かわかればいいけどな。こっちも引き続き探ってみるよ」

五郎の声「おぅ、すまんな。じゃあ」

滝　山「（被って）うん、うん、おう、おおーい、じゃ、今日はそっち台……。（切れてる）あれ？」

×　×　×（五島列島・海沿い）

海沿いを歩いていく五郎。

五島市役場奈留出張所・中

女性職員・鎌田（20代）が五郎の対応をしている。

鎌田「いっちゃん汁、ですか。聞いたことなかですね」

五郎「……ああ、そうですか」

男性職員・平野（60代）が入ってくる。

鎌田「あっ、こちら、例の食材探しに来た方なんですけど、いっちゃん汁って知ってます?」

平野「いやぁ、知らんねぇ」

鎌田「あ、郷土料理っちいうけん、キビナのいりやきじゃなかですかね」

五郎「あの、キビナのいりやき、というのは汁料理ですか?」

鎌田「ええ。きびなごと野菜のお鍋です」

五郎「じゃ、いっちゃん汁の出汁の魚はきびなごってことか……」

平野「いや、違うじゃろ」

五郎・鎌田「?」

平野「キビナのいりやきなら、なんの魚かわからんっち話にはならんじゃろう。きびなごなんやけん」
鎌田「確かにそうですよね……」
五郎「……」
平野「あ、もしかして、タエさんなら知っちょっとじゃなか」
鎌田「あ、タエさん、ん……」
五郎「！（被って）あ、タエさんというのは？」
平野「魚屋の女将さんで島の古か事ばよう知っちょっとですよ」
五郎「その魚屋の場所、教えて頂けますか」
平野「ああ、よかですよ」

通り～みかん屋食堂・前

五郎、歩いている。

五郎M「……重要な手がかりがつかめるといいけど……」
山を背に歩いていた五郎が立ち止まる。
五郎M「……もっと重要なことを忘れていた……」
五郎、直立不動。
五郎M「……腹が、減ってたんだ……」

×　×　×

孤独カット。

×　×　×

五郎M「よし、店を探そう」
五郎、歩き出す。

×　×　×

階段を下りてくる五郎。
五郎M「……どうせなら、五島ならではのものを入れたいよな……ん〜〜こっちか」
左右を見て、左に進む。

×　×　×

足早に歩いていく五郎。
みかんやの暖簾が見えて。

五郎Ｍ「……お！　あの暖簾……」
店の前に来た五郎、眺めてから、入店する。

五郎Ｍ「みかんや。フッ。可愛い名前。ここにしよう」

みかん屋食堂・中

五郎、店に入ってくる。３組の客が食事をしている。

女将「いらっしゃいませ」
五郎、手前左側の卓に入口を背にして座る。
女将、五郎に水を出す。

女将「はい、どうぞ」

五郎、会釈。卓上のメニューを取って見る。

五郎M「さて、ほぉ、結構な品数」

メニュー。左上から見ていて…『ちゃんぽん』。

五郎M「あ！　ちゃんぽん！　長崎といえばコレか。皿うどんもある」

五郎、メニューから顔をあげ

五郎M「キビナのいりやきは……ないな。だとすると」

五　郎「(手を挙げ) すいません」

女将の声「はい」

五　郎「ちゃんぽん、お願いします」

女将の声「ちゃんぽん、ですね」

×　　×　　×

(店の裏口～店内)

ホール横の裏口。大将が出前から帰ってくる。

男性客「ごちそうさまでした。お金、置いときます」

女　将「ありがとうございました、またお願いしま〜す」

客が、店を出ていく。

のんびり待っている五郎の背後に暖簾が見えている。

具を炒める鍋の音が聞こえてくる。

五郎、壁に貼られた五島の地図を見て

五郎M「……島と島が近いんだな……」

女将が、ちゃんぽんを運んでくる。

女　将「おまたせしました、ちゃんぽんですね」

目の前に置かれたちゃんぽんを嬉しそうに見る五郎。

×　×　×

孤独のグルメ紹介カット

【ちゃんぽん】

×　×　×

五郎、箸置きから割り箸を出し、パキンと割ると

五　郎「いただきます」

　　五郎、麺を持ち上げて食べる。

五郎M「……うん……」

　　野菜と一緒に食べる。食べる。

五郎M「……久しぶりのちゃんぽん麺。いいぞいいぞ……豊富な具材と麺が口の中でまさに、ちゃんぽんになってゆく。うん……楽しい」

　　五郎、レンゲでスープをすくい、飲む。

五郎M「……俺の知ってる、ちゃんぽんスープとは違う……」

　　五郎、もやしと麺を食べる。

五郎M「……野菜の甘味を優しく閉じ込めるあっさりスープ」

　　じっくり味わいながら、スープを飲む。

　　五郎、ちくわを食べ、続けてかまぼこを食べる。

五郎M「ちくわにかまぼこ。これも五島の海の幸か……」

　　テーブルにお金を置き、出ていく男性客。

男性客「お金、置いときますけん」
女将の声「(被って) ありがとうございました」
男性客「(被って) どうもごちそうさまでした」
女将の声「(被って) またお願いします」

ホールに顔を出した女将に声をかける五郎。

五　郎「あ、すみません」
女　将「はい」
五　郎「このスープ、凄く美味しいですけど」
女　将「ありがとうございます」
五　郎「何で出汁をとってあるんですか」
女　将「昆布と長崎県産のいりこと鶏ガラスープ、それに長年豚肉を炊き込んだタレを入れております」
五　郎「豚肉を炊き込んだタレ」
女　将「(被って) はい」

五　郎「ありがとうございます」

五郎、麺と具を食べる。

五郎M「……地元の食材で作られ、愛されてきた料理。この島を巣立った人たちも、このスープの味を忘れることはあるまい」

残りのスープを飲み干す五郎。

五郎M「……少しずつ、いっちゃん汁に近づいているような気がする。この一杯で腹一杯。大大大満足」

五　郎「ごちそうさまでした」

通り〜魚屋・外

猫の情景。

魚屋の前、五郎、歩いていく。

店前で、「こんにちは」「どこに行きますか」等

町の人たちの声が聞こえる

同・中

タエに話を聞く五郎。

タ　エ「あがん探しちょっとは、汁んこじゃなかんね？」
五　郎「あの、その……汁んこ、というのは何で出汁を取ってたんですか？」
タ　エ「エソの煮干しじゃばって」
五　郎「エソ……。エソって何ですか？」

ポケットから手帳を取り出す五郎。

タ　エ「この辺に多か深海魚たい」
五　郎「はぁ……。えっとそのエソの煮干しの他には、えっ、何で出汁を取ってたんですか？」
タ　エ「そうねぇ。豚骨ば入る（いる）家も多かね」
五　郎「豚骨」

大将「ああ、おっも最近飲んだことなかな」
タエ「最近はもうだっも作らんもんな」
五郎「あ、すみません。そのエソの煮干しというのは、ここで買えますか？」
タエ「なかねぇ。福江島の方さん行けば、乾物屋にあっとじゃなかじゃろか」
五郎「福江島の乾物屋？　はぁ……」

会釈しながら手帳に書き込む五郎。

通り

五郎、電話をかけながら歩いている。

五郎「そうですか……扱ってませんか。わかりました。失礼します（電話を切る）」

×　×　×

高台にいる五郎、電話をかけている。

五郎「あ、すみません。お伺いしたいことがあるんですけども、今宜しいですか……えーそちらにエソの煮干しって扱ってらっしゃいますか？　……ありますか！　あ、そうですか、すみません、そちら今日、何時まで営業してらっしゃいます？　……6時まで。ああ、因みに明日は何時から営業してらっしゃいますか？　……明日、明後日休みですか。わかりました。今日、今からお伺いしますので、はいよろしくお願い致します。……はい。失礼します」

五郎、電話を切って腕時計を見る。

五郎M「6時、余裕だな……エソに豚骨、こんなに早く2つの食材がわかるとは」

五郎、歩き出す。

五郎M「この調子でいくぞ～」

フェリー乗り場

五　郎「えっ！？」

片付けをしている男性従業員（50代）がいる。

走って近づく五郎。

五　郎「す、すいません、すみません。4時のフェリーってもう行っちゃったんですか?」

従業員「もう今日は3時半が最終。4時の便なんち何年も前の話ぞ」

五　郎「え!?　6時までに福江島に着かなければならないんですよ。宿も向こうにとってて、フェリー以外に行く方法ってないすか?　福江ってすぐそこの島、ですよね」

五郎、すぐ目の前に見える島を指す。

従業員「そげん言われてもねぇ。今日は海上タクシーも(続けて)やっちょらんし、風も強なるっちぃ予報も出ちょっとよ」

五　郎「(何か思い出し)あ!」

五郎、走り出す。

従業員「おい!」

SUPレンタルショップ

五郎が走ってやってくる。

五郎「すいません……すいませーん！ ……すいませーん！」

五郎、店前の呼び鈴鳴らす

従業員も誰もいない。

× × ×

立てかけてあるボードをそーっと動かす。

五郎「お借りしまーす」

ボードを持って行く五郎。

海

海面に浮くボード。バッグを斜め掛けにした五郎が足（裸足）をのせ、

恐る恐るバランスをとる。

うまく乗れて、コツがつかめて。

五郎M「……大丈夫大丈夫。これなら楽勝だ」
五郎、パドルをかきながら
五郎M「明日、返しにきま〜す」
×　×　×（時間経過）
ボードの上に姿勢よく立ち慎重にパドルを漕ぐ五郎。
SUPがゆっくりと前に進んでいく。
五郎M「よしよし」
前方に目指すべき福江島らしき島が見えている
五郎M「気持ちいいなぁ……」
漕ぎ進める五郎の顔がほころぶ。

SUPレンタルショップ

ショップに立看板があるが、文章は見えない。

台の上。五郎の名刺と一万円札が入ったクリアファイルがあり、
小さな植木鉢がのせてある。

海

調子よくパドルを漕いでいる五郎。
ポツリと雨が顔にあたる。

五　郎「雨か…」

遠くに島影が見える。
暗くなってきた海面。波が高くなっている。

五郎M「あれ？」

五郎、来た方を見るが、灯りが遠く。

五郎M「戻った方がいいのかぁ……あ、これは、ちょっとマズいな……」

五郎、漕ぐ手を速める。

SUPレンタルショップ（夜）

激しい風を伴う豪雨。雷も鳴っている。
店先の呼び鈴も大きく揺れている。
『お客様へ　台風接近中のため本日は午後3時にて閉店します　店主』
と書かれた立看板が雨に叩きつけられている。

海（夜）

雨でずぶぬれの五郎。
立っていられず座ってパドルを漕いでいる。
救命胴衣に付いている笛を鳴らす。

五郎「おーい、おーい…」
夜の闇に包まれている。雷も鳴っている。

激しい波。
必死の形相でボードにしがみつく五郎。

五郎「あっ……あ、あ……」
海に投げ出されてしまう。

五郎の絶叫「ああ〜〜!!!おーーい……」
どんどん遠のいていく五郎。
黒にF・OUT

海岸(朝)

寄せては返す波。
波打ち際にうつ伏せで倒れている五郎。斜め掛けのバッグ。
五郎の体に波が何度か寄せてくる。ゆっくり目を開く五郎。

五郎「ああ……」

次第に意識を取り戻し、昨夜のことを思い出す。
小さくうめき声をあげながら体を起こす五郎。

五郎M「良かった……生きてる……」

辺りを見渡す五郎。
バッグがあることを確認すると、中から靴を出す。
「あ」と思い、立ち上がる五郎。
携帯電話を出すと、見るからに壊滅状態。

五郎M「ダメだ。死んでる」

携帯を投げ捨てる五郎。海を背にして見渡す。

五郎M「ていうか、ここはどこ？　どこ島？」

島の突端（朝～昼）

岩場を歩いている五郎。

五郎M「……なんてこった〜、どうしよう」
五　郎「あ」
　ズブ濡れズタボロの五郎、直立不動。
五郎M「……腹が、減った……」
　×　×　×
　大孤独カット。
　×　×　×
五　郎「(唾のみ込み) ああ……」
五郎M「とりあえず彷徨ってみるか」
　五郎、歩き出す。

アジト付近〜アジト・前

　太陽が高くなってきている。

五郎、歩いている。ずっと浜が続いている。

五　郎「（息が上がり）あ……あ……あ……ああ……」

ヘロヘロで岩場に座り込む五郎。

五郎Ｍ「結構歩いたのに……」

五郎振り向くと、アジトのような場所が。

五　郎「えぇ！」

五郎、近づきアジトの中を物色。

置いてあった箱を引っ張り出す。

五　郎「！おぅおー」

小鍋やカセットコンロを発見。

五郎の声「（嬉しそうに）おぉ！」

×　　×　　×

五郎、海に入り、両手で砂をかくと貝が採れる。

五郎Ｍ「おお！やったー。貝だよ貝。…まてよ。どうせなら」

嬉しそうな五郎、森の方を見る。

×　×　×

山中。小鍋を手にキノコを探す五郎。

発見して、手に採る。

五郎M「山の幸、ゲット。あとは、水か……」

×　×　×

戻ってきた五郎、小鍋をコンロの火にかける。

五郎M「川があってラッキー。これで鍋が出来る」

川の水に貝とキノコが入った小鍋。

五郎M「あ、そうだ！飛行機で貰ったヤツ……」

五郎、バッグからドライ納豆を出し、小鍋に投入。

五郎M「海鮮キノコ納豆鍋にしちゃえ。フッ。」

×　×　×

小鍋の中の貝がブルブルし……パカッと開く。

小鍋を見ている五郎の顔。ニンマリ。

×　×　×

孤独のグルメ紹介カット

【海鮮キノコ納豆鍋】

五郎M「五郎流サバイバル鍋の完成だ」

×　×　×

ちゃっかり箸替わりの枝２本を持っている五郎。

五　郎「いただきます」

まずは貝を食べる。

五郎M「……大丈夫。ていうか、ちゃんと旨いぞ……」

五郎、貝殻でスープをすくって飲む。

五郎M「……いい出汁が出てる」

美味しくどんどん貝を食べる五郎。

五郎M「……キノコもいける。それに、納豆菌も働いてるな」

五郎、スープを飲む。貝を食べる。

五郎M「急ごしらえのアドリブ鍋にしちゃあ上出来だ」

× × ×

大自然の中。ポツンと独りで食べている五郎。

× × ×

食べ終わる五郎。

五郎M「はぁ、生き返った。スープは偉大な命の水だ……」

五　郎「ごちそうさまでした」

思わず笑みを漏らす五郎。ところがそれが変な笑い声になっていく。
自分では意識しない笑いが続き、おまけに全身が痙攣していく。
貝毒かキノコ毒のせいか、口から泡を吹く五郎。
黒にF・OUT

コミュニティ施設・機械室（夜）

五　郎「うわっ！」
目を覚まし、飛び起きる五郎。
息が、上がっている。

五郎Ｍ「はぁ、夢か……」
再び、眠ろうと横になる五郎。
すぐに、我に返り飛び起きる。

五　郎「うわっ！（恐怖で）（はっ……はっ……はっ……）」

五郎Ｍ「（被って）いや、夢じゃない！」
室内を見渡す五郎。
自分の状況が理解できず、不安が募る。
ベッドの側に置いてある浮き輪を手に取るが、すぐに立ち上がり、
ドアの前に行く。

五　郎「すいません、すみません。あの、どなたかいませんか?」

ドアを叩き、大声で叫ぶ五郎。すると、外から韓国人女性ソニョンの

声「(韓国語) 意識が戻ったんですね」

五　郎「!あ、すみません、出して下さーい!」

再び、大声でドアを叩きながら叫ぶ五郎。

ソニョンの声「ちょっと待って下さいね」

五郎M「ここは韓国なのか……いや待て。韓国だったらいいが」

五郎、恐怖心が募り、激しくドアを叩く。

五　郎「出してくれ、ここから出してくれ! アンニョンハセヨ〜アンニョンハセヨ〜」

ソニョンの大声「(韓国語) はい、はい、アンニョハセヨ……もう少し待っててくださいね」

その大声に驚き、五郎、叩いていた手を止める。

そして、室内をウロウロしながら

五郎M「……どうしてここにいるんだ? そうだ。鍋食っておかしくなったんだ。そのあと誰かに連れ去られたってことか? ん〜どうすればいい? どうやって助けを呼べばい

いんだ？　携帯は使いもんにならんし……」

鍵が開く音がし、ドアを見る五郎。

ゆっくりとドアが開く。

軍服姿の白人男性ダニエルが近づいてくる。

五郎M「！（恐怖）米兵？　なんで？」

五　郎「……（恐怖で固まる）」

ダニエルが右手を差し出す。

ダニエル「……」

五　郎「（一瞬悩むが）あ……」

恐る恐る立ち上がる五郎。

五　郎「ナイストゥミーチュユゥー」

と言いながら、右手を差し出す。

次の瞬間、ダニエルに制圧され、右腕を後ろに極められてしまう五郎。

うめき声をあげる五郎。

五郎「(悲鳴)オー、シェット、ヘルプミー!!」

謎の米兵に腕を極められたまま機械室から連れ出される五郎。

同・応接室〜廊下(夜)

ダニエルに腕を極められた五郎が入ってくる。

そして、ソファーに座らされる。

志穂と韓国人女性ヘヨンが入室し、五郎の前に座る。

志穂「井之頭さんですね」

五郎「……何故、私の名前を?」

志穂「念のためバッグの中を確認してパスポート見ました」

五郎「……あ、どうして私はここに?」

志穂「海辺で倒れていた井之頭さんを、(ヘヨンを見て)ヘヨンさんが見つけて、彼と一緒にここに運んだんです」

ヘヨン「（韓国語）何かあったら呼ぶから外に出てて」

ダニエルが、応接室を出る。

志穂「どうしてこの島に来たんですか？」

五郎が怪しいかどうか見極めようと真剣な二人。

五郎「……あの……昨日の夕方。長崎県五島の奈留島から福江島に渡らなければならなかったんですが、最終のフェリーが出てしまった後でして、仕方なくスタンドアップパドルボードで渡ることにしたんです。そうすると、急に天候が変わって、激しい波にさらわれて海に投げ出されてしまったんですね。そしてあの、気がついたら、ここの、あの、海岸に横たわっていたんです……え、それであの急にお腹が空いたんであの……貝とキノコを採って鍋にして……」

五郎、説明していると……

志穂「（笑い被って）……（我慢していたが吹き出してしまう）」

五郎「？」

ヘヨン「（韓国語）どうしたの？」

志穂「（韓国語）スタンドアップパドルボードに乗ってて遭難したんですって」

ヘヨン「（韓国語）（笑う）本当に？　あのスーツ姿で？」

志穂「（笑いながら）ていうか井之頭さん、不法上陸しちゃってます」

五郎「えっ⁉　あ、どうゆうことですか？」

志穂「ここは、ナンプンド、っていう韓国の島なんです」

五郎「ナンプンド」

志穂「ええ、韓国本土に行って入国手続きしないとダメです」

五郎にパスポートを返す志穂。

五郎「あ、あの韓国本土にはどうやって行けばいいんですか？」

志穂「島の船で行くしかないんです（韓国語で）明日、船出ますかね？」

ヘヨン「（韓国語）明日は波が高いから、きっと出ないわよ」

志穂「（頷き）明日の出航は無理だそうです」

五郎「……ああ、そうですか。あの、この島に宿はありますか？」

志　穂「あっ、この食品研究施設だけで、ホテルや宿はないんです」

五　郎「あ、そうですか」

志　穂「もう遅いですし、疲れてるでしょうから、とりあえず、さっきの部屋で休んで下さい」

五　郎「あ、有難うございます……じゃ」

席を立つ五郎

行こうとする五郎を呼び止める志穂。

志　穂「そうだ、井之頭さん。今晩、勝手に出歩かないで下さい。あなたがここにいることを知らない人たちが驚いちゃうので」

五　郎「ああ、わかりました……じゃ、失礼します」

礼して応接室を出る五郎。

五郎M「……食品研究施設……」

出ると、入口脇にダニエルが立っていて驚く。

五　郎「……ホワッチュユアネーム?」

ダニエル「(五郎見て)ダニエル」

五　郎「ダニエル。……マイネームイズ、イノガシラ、ナイストゥ……」

五郎、握手しようとするが、やめる。

ダニエル「（無言で、来いと指図）」

ダニエルの先導で部屋に戻っていく五郎。

実景・南風島（ナムプンド）（翌朝）

自然豊かな島の朝の風景。鳥のさえずり。

コミュニティ施設・外観（朝）

同・廊下（朝）

機械室のドアから顔だけ出して廊下を見ている五郎。

五郎Ｍ「……昨日は、勝手に出るなと言われたけど」

五郎、外に通じる扉から出ようとすると、背後からヘヨンが声をかける。

ヘヨンの声「（韓国語・アンニョンハセヨ）おはようございます」

五　郎「！」

五郎の声「（韓国語・アンニョンハセヨ）おはようございます」

五郎に近づくヘヨン。

五　郎「あ、あの、散歩に行ってもケンチャナヨ？・アイウオントゥゴートゥウォーキング、オッケー？」

ヘヨン「オッケー。（韓国語）大丈夫ですよ。ついてきてください」

五郎、ヘヨンについて行く。

山道～畑

ヘヨンと五郎が山道を歩いている。

島の女性（ジウとヒョニョン）とすれ違う。

五郎を警戒している様子。

ヒョニョン「（韓国語）お姉さん……あの人じゃない？」

ジウ「（韓国語・アンニョンハセヨ）こんにちは」

五郎「（韓国語・アンニョンハセヨ）こんにちは」

奥から志穂が声をかける。

志穂「あ、井之頭さん！」

五郎「あ、あ、昨日はどうも（すみません）」

近づこうとして崖をのぼっていく五郎。

志穂「（被って）あ、そこ、滑るから気をつけて！」

五郎「え？　あ！」

五郎、ぬかるみにバランスを崩す。

女性たち「あらまぁ！」

と声を上げる。

志　穂「大丈夫ですか？！」

五郎に近づく志穂。ソニョンも近寄る。

ヒョニョンたち「（韓国語・ケンチャナヨ）大丈夫ですか？」

女性たちが口々に、心配する。

五　郎「（韓国語）ケンチャナヨ、ケンチャナヨ、ケンチャナヨ、ケンチャナヨ」

と、言いながら立ち上がる五郎。

×　　×　　×

畑作業をする女性たち。

ヒョニョン「（振り返り）（韓国語）お姉さん……今日はエゴマの葉を採ってキムチをつけましょう。」

ヨンスクたち「（口々に）（韓国語）おいしそう」

×　　×　　×

茄子を収穫する志穂。

五郎、作業を手伝っている。

五　郎「無農薬で栽培してるんですか？」

志　穂「ええ。完全に自然農法です。だから雑草は全部そのままなんです。これ全部抜いちゃうと土が痩せちゃうから」

五　郎「へぇー」

ソニョンがオクラを抜いて、五郎に渡す。

ソニョン「（韓国語）これオクラ、美味しいですよ」

志　穂「（通訳し）オクラです。美味しいですよ」

五　郎「これ、生で食べられるんですか？」

志　穂「もちろん」

五郎食べる。

五　郎「ほんとだ。美味しい。（ソニョンに）（韓国語）マシッソヨ（周りの女性たちに見せて）マシッソヨ」

そんな五郎に、女性たちが微笑む。

上の畑

小屋の前に立ち、スーツの上着を着る五郎。
中でコーヒーを淹れている志穂に声をかける。

五郎「あの……お名前は?」
志穂「ああ、そうでしたね……志穂です」
五郎「志穂さん、この島には皆さん以外で暮らしてる方はいないんですか」
志穂「ええ、ここはもともと無人島で、今暮らしてるのは私たちだけなんです。……ここ実はね……男に愛想をつかした女たちの島なの」
五郎「……え?」

志穂がいたずらっぽく笑う。

五郎「あ……じゃ、あのダニエルは?」
志穂「彼は船の船頭で島と本土との連絡役なんです。それに昨日みたいな万が一の場合の警護もね」

五郎「あぁ（面目ない）……そういえば昨日、食品研究施設だと仰ってましたよね？」

志穂「あ、はい。食物の栽培や品種の開発、それに調理の研究なんかもしてるんです」

五郎「調理の研究……」

志穂はカップを持ち外へ出てくる。

志穂「はい、どうぞ」

五郎「（カップを渡され）あ、有難うございます」

志穂「……五島列島には仕事で？」

デッキの椅子に座りコーヒーを飲む志穂と五郎。

五郎「仕事のような、そうでないような」

志穂「何ですかぁ、それ？」

五郎「今フランスに住んでる五島出身のお爺さんに、子供の頃母親が作ってくれた汁をもう一度飲みたいと頼まれまして」

志穂「汁？」

五郎「いっちゃん汁というスープなんですけど」

志　穂「いっちゃん汁?……（笑って）スープ探しの旅ですか?」
五　郎「ええ……」
志　穂「それで、そのスープ見つかったんですか?」
五　郎「いや、探している最中に遭難しちゃって……」
志　穂「（笑って）そうだ…、でもなんか面白そうですね。私も、以前東京でラーメン屋をやってて、結構こだわったスープ作ってたんですよ」
五　郎「え、そうなんですか……」
志　穂「ええ……」

コーヒーを置き説明を続ける五郎。

五　郎「出汁の食材は海の幸2つと山の幸2つで、それぞれ1つずつは見つかったんですけども、あと……海草と、山の野菜がまだなんです」
志　穂「山の野菜って何ですかね?」
五　郎「えっと……まぁ椎茸らしいんですけど」
志　穂「……椎茸……（考える）」

五郎、席を立ち、ウッドデッキの端へ。

五　郎「えー、いい眺めですね」

志穂も笑顔になり一緒に眺める。

木々の間から海が見えている。

五　郎「海産物とかも獲れるんですか?」

志　穂「なんだって獲れます。島外に販売もしてて、野菜も海産物も安くて美味しいって評判なんです」

五　郎「へぇ……」

志　穂「スープ探しの旅のヒントになるかわからないですけど、今日の夕ご飯は島の食材を使った料理をふるまいますよ」

志穂も席を立ち、五郎の隣に。

五　郎「へぇ、楽しみだな」

志　穂「みんなね、初めてのお客さんに食べてもらうの、凄い楽しみにしてるんです」

五　郎「へぇ……」

嬉しそうに海を眺める五郎。
雄大な海の風景。

コミュニティ施設・厨房（夕）

総出で楽しそうにおしゃべりしながら楽しそうに料理を作っている。

ジウ「（韓国語）戻りました」
と、野菜を持って戻ってくる。
ヘヨンやヨンスクたち「お疲れ様」と迎える。
ソヒがエゴマの葉を志穂に渡す。
周りの女性たちはその香りを嗅いで。

ヨンスクの声「（韓国語）エゴマの葉、早く食べたいわ」

ソニョン「（韓国語）味見してみて、どうかしら?」
出来上がったスープを味見する志穂。

ヘヨンの声「(韓国語)(被って)今日エゴマの葉で何を作ろうかしら?」
志　穂「(飲んで)んん!……(おいしい)」
女性の声「(韓国語)(被って)エゴマの葉の醤油漬けしましょう」

同・食堂(夕)

独りポツンと座っている五郎。
五郎M「すんごいいい匂い……胃袋がせり上がってくる」
×　×　×
孤独カット。
×　×　×
女性たちが続々と皿を持って五郎に運んでくる。
五郎M「期待を軽々と超えてきた。大ご馳走だ」
五郎の目の前にズラリと並ぶ料理。

×　×　×

孤独のグルメ紹介カットGS

【鶏のポッサム】【干し椎茸焼きヤンニョムソース】

【韓国かぼちゃ炒め】【オクラトマト魚介の酢コチュジャンがけ】

【野菜のスープ】【ご飯】

×　×　×

孤独のグルメ紹介カット

【鶏のポッサム（鶏肉と具の野菜たちと巻く野菜）】

×　×　×

五郎が料理から目をあげると、

前に並ぶ女性たちが興味津々の眼差しで五郎を見ている。

五郎M「え！むちゃくちゃ見られてる……」

ソニョン「（韓国語）（ポッサムを指しマイムで）自由に巻いて食べて下さい」

志　穂「（訳して）自由に巻いてくださない」

五　郎「あ、はい。いただきます」

　五郎、エゴマに鶏肉、辛味噌をつける。

五郎M「まずは、こんな感じで」

　口に頬張り、じっくりと味わう。

五郎M「……蒸し鶏、とんでもなく上手い！」

　女性たちが歓びの表情を見せる。

　五郎、野菜に鶏肉と青唐辛子を乗せる。

五郎M「青唐辛子はどうだ?」

　包み終わり食べる。

五郎M「……優しい青唐。フレンドリーな韓国の辛さ」

ヘヨン「(韓国語）アミエビの塩辛もおいしいですよ」

志　穂「(訳して）アミエビを乗せて食べてもおいしいですよ」

　女性たちが五郎に食べ方のアドバイスを送る。

五　郎「(手に取り）これ?」

志穂の声「それです」

野菜を手に取り、鶏肉とアミエビを包み食べる五郎。

五　郎「(美味い！という表情)」

女性たちが嬉しそうに見ている。

五郎Ｍ「……アミエビ、効いてる効いてる」

五郎、ポッサムを食べ進め、ご飯でおっかける。

五郎Ｍ「アミエビ、の塩っ気が飯を呼ぶ」

×　×　×

孤独のグルメ紹介カット

【干し椎茸焼きのヤンニョムソース】

×　×　×

五郎、椎茸を食べる。

五郎Ｍ「……椎茸の旨み……」

×　×　×

孤独のグルメ紹介カット

【野菜のスープ】

× × ×

五郎、スープを飲む。飲む。

五郎M「野菜の出汁の向こうに、海が広がる。昆布が横たわる」

肉と野菜を包んで食べる五郎。

五郎M「全部、ここで採れたものなんだよなぁ……」

鶏肉をご飯の上にのせて頬張る五郎。

五郎M「……なんて美味しい島なんだ…それに」

五郎の一口一口に表情を変える女性たち。

五郎M「心を込めて作ってくれたのがよくわかる」

最後のスープを飲む五郎。

五郎M「ここは、竜宮城だ……」

綺麗に完食して、スプーンを置く。

五郎M「……夢のようなひとときを、ありがとう」
五　郎「(手を合わせ) ごちそうさまでした」
　　大きな拍手をする女性たち。
五　郎「……」
　　喜ぶ女性たちに感謝の拍手を送る五郎。

アジト・前（夕）

　　岩に腰かけて、海を眺めている五郎。
五　郎「はぁ………（気持ちいい）」
　　すると、志穂もやってきて
志　穂「風が気持ちいいでしょう」
五　郎「(志穂の方を見て) ああ……」
　　五郎の隣に並んで座る志穂。

五郎、つい聞いてみたくなり

五郎「……志穂さんは、どうしてこの島に来たんですか?」

志穂「(五郎の方を見る)………」

五郎「すみません。立ち入ったことを」

と、海の方を向く五郎。

志穂「……ここに来る前やってたラーメン屋。夫と二人でやってたの」

五郎「(話してくれるんだ)」

志穂「元々、夫はフレンチのシェフで、私は彼の助手をしてました。でも夫が独立するときに、どうしてもラーメンで勝負がしたいって言い出したんです」

五郎「(聞いている)」

志穂「開店してすぐ、他にはないスープが評判になって、グルメ雑誌なんかでも取り上げられたりして、順調だったんです……でもコロナで何もかもが変わっちゃって……」

五郎「(嗚呼)」

志穂、立ち上がり、海を見ながら

志　穂「それに夫は食材に凄くこだわる人だったから、材料費の高騰も本当にキツくて……経営も苦しくなるばっかりだったんです。……それで、そのうち私たちの関係もどんどん悪くなっちゃって……このまま一緒にいたら、お互い不幸になる。だから、一旦離れようと思って、この島に来ました」

五　郎「……」

志　穂「でも全然後悔なんかしてないんです。……この島の暮らしが好きだし、（笑顔で）今凄く幸せです」

五　郎「……そうですか」

志　穂「ええ！」

ポケットから名刺を出す志穂。

志　穂「……井之頭さん、これ」

志穂から名刺を渡され、見る五郎。

『中華ラーメン さんせりて（特徴的なロゴ入り）』。

（※仏語で「真心」を意味する sincérité から）

志穂の声「今やってるかどうかわからないけど、もし近くに行くことがあったら」
沈みゆく夕陽。波の音が聞こえている。

南風島（ナムプンド）の港（翌朝）

船が停泊している。
島を離れる五郎を志穂とヘヨンが見送りに来ている。

志　穂「井之頭さん、持って帰って下さい」
志穂が五郎に袋を渡す。五郎、中を見る。
昆布と干し椎茸がいっぱい入っている。

志　穂「これ、昨日の料理にも使った、この島で採れた昆布と椎茸です。スープ探しの旅のヒントになれば」
五　郎「有難うございます。お世話になりました」
志　穂「いえ……」

五郎「（ヘヨンに）（韓国語・カムサハムニダ）ありがとうございました」
ヘヨン「（韓国語・カムサハムニダ）ありがとうございました」
五郎「じゃ」
志穂「お気を付けて」

船に乗り込む五郎。

船上（朝）

五郎が船に乗り込むと、ダニエルがいる。

ダニエル「聞いたぞ。スープ探しの旅をしてるらしいな」
五郎「え……え？（日本語？）」
ダニエル「韓国には、ヘジャンクというスープがある」
五郎「ヘジャンク？」
ダニエル「二日酔いの酔い覚ましに飲むスープで、疲れた胃腸を癒してくれる。韓国の代表的な家庭料理だ」

五　郎「ヘジャンク。ありがとう。ていうかダニエルなんで、日本語、喋れんの？」

ダニエル「（ジェスチャーして）入国管理局に連絡しといた。審査官が港に迎えに来ることになっている」

五　郎「わかった。有難う」

ダニエル「それから、今後、島との連絡があれば俺を通せ」

　ダニエル、五郎にメモを渡す。

南風島（ナムプンド）の港（朝）

　船が出航し、沖に出ていく。

　志穂とヘヨンが笑顔で手を振り見送っている。

五郎M「不思議な島だった」

船上（朝）

遠ざかる島を見ている五郎。

五郎M「もう二度と来ることはないだろうが、このまま、美しく幸せな島のままで、あり続けて欲しい」

旧助羅（クジョラ）

クジョラ港・実景。

T『韓国　旧助羅』

×　×　×

緊急事態ボードの前で審査官を待っている五郎。

五郎M「ここで待ってろって言われたけど、全然来ないな…ん～、困った」

五郎、直立不動。

五郎M「……胃袋のエマージェンシーランプ点滅」

× × ×

孤独カット。

× × ×

五郎M「……よし、ちょっと調査するか」

五郎、辺りを見回す。

× × ×

五郎、歩いてくる。

港沿いに並ぶ建物。ハングル文字。

五郎M「……結構、店はあるけど、何の店なんだろう?」

見渡しながら、店を探す五郎。

五郎M「……やっぱり魚が旨いのかな……あ!」

五郎、何か店を見つけて歩いていく。

× × ×

ジニの食堂の前に歩いてくる五郎。

五郎M「ここは気になるぞ。腹は緊急事態だけど、ちょっと見るだけ」

ドアの『サバの塩焼き写真』を確認する。

五郎M「お、サバだ〜。こりゃ見るだけじゃすまんぞ！」

五郎、店の中へ。

ジニの食堂・中

五郎、入店してくる。

調理が母、接客が娘の母娘二人で営む食堂である。

娘は、帰った客の片付けをしている。

娘「（韓国語）いらっしゃい」

五郎「あ、あの……（席を指して）オーケー?」

娘「（韓国語）はい。こちらにどうぞ」

靴を脱いであがる。他に客はいない。
窓側のテーブル席に座る。
と、娘、他の卓の片付けを終えて厨房へ戻る。
着席した五郎、店内の壁に飾られている数枚の絵画が目に付き、
感心しながら眺める。

五郎M「黄色い店構えに油絵。いい波動が出てる」
オモニの肖像画の上のメニューを見る。

五郎M「あれがメニューだよな。全然わからん」

五　郎「エクスキューズミー」

娘「（韓国語）はーい」

五　郎「メニュー、ティーチミープリーズ」

娘「（韓国語）メニューですか？はい」
娘、メニューを上から指差しながら読み上げる。

娘「（韓国語）サバ定食、海鮮スンドゥブ、海鮮テンジャンチゲ、ファンテヘジャンク、

キムチチゲ」

　　4番目にファンテヘジャングを読み上げる。

五　郎「ヘジャンク？」

娘「（韓国語）（ファンテヘジャンクを指し）ファンテヘジャンクです」

五　郎「ああ！あ、（韓国語）へ、ヘジャンク、ジュセヨ」

娘「（韓国語）はい」

五　郎「（韓国語）あと…あ、そ（写真指して）サバ。あの、サバ、（韓国語）ジュ（セヨ）、サバ……」

　　サバを頼もうとドアのサバ写真を見ようとする五郎。

　　入国管理局の車が目の前の駐車場に停まる。

五郎M「あの車……」

クジョラ港の駐車場

　　車から韓国入国審査官が降りてくる。

車のボディ『Immigration』の文字。
審査官は五郎を探す。

五郎「(手を上げ) アンニョンハセヨ~」
審査官が店の方を見る。

審査官「(韓国語) まったくあの人……」
人の審査官が店の方に歩き出す。

ジニの食堂・表~中

捜査官が店前までやってくる。

五郎「サバ、ジュセヨ (お願いします)」

娘「(韓国語) サバですね。はい」
注文を聞き終えた娘、厨房にさがる。
審査官が店に入ってくる。

審査官「あぁ、すみません。（韓国語）あなたが井之頭五郎さんですか」
五　郎「はい。イエス」
審査官「あ～五郎さん、（韓国語）パスポートを見せて下さい、プリーズ、パスポート」
五　郎「パスポート」
捜査官「パスポート、オーケー」
五　郎「パスポート」

五郎、バッグからパスポートを出して渡す。

審査官「（韓国語）ありがとうございます」

審査官、パスポート写真と五郎を照合すると

審査官「オーケー（韓国語）では入国管理局に一緒に行きましょう（身振りと英語）ゴートゥーイミグレーション」

と告げるも五郎はためらう。

五　郎「あっ、（英語）アイ、ウェイテッド、ユーアー、ロングロングタイム、アイムソウハングリー、アイム、やむをえず仕方なく、アイ、オーダー……オーマイガー……」

五郎、身振りを交え、空腹で倒れそうだったので店に入り既に注文したことを訴えていると、娘がおかずの小皿を運んでくる。

審査官「……」

五　郎「(おかず見て)わぉ……」

五郎と審査官の間に気まずい空気が流れる。

×　×　×

孤独のグルメ紹介カット・おかず6皿

×　×　×

【ミッパンチャン】

五　郎「(英語)キャンナイ、イートディスプリーズ?」

出てきちゃったし食べてもいいですか、と身振りを交え、審査官に訴える。

審査官「(韓国語)(仕方なく認め)急いで食べてくださいね。(英語)オーケー?ハーリアップ、ハーリアップ、ちゃちゃちゃ(急げ)」

五　郎「カムサハムニダ！（笑顔になり）はぁ、あ！一緒に食べま（す）？あっ、イート、トゥギャザー？」

審査官「ノーノーノー、（韓国語）……仕事中なので」

娘がご飯の器を、五郎に出す

五　郎「カムサハムニダ」

審査官は、五郎の横に腰を下ろす。

五郎、ご飯の器の蓋を取ると

五郎、箸置きから箸とスプーンを出そうとするが

「あ」と思いたち、水を注いで審査官に出す。

五　郎「どうぞ」

審査官「……（会釈）」

箸置きから箸を取って

五　郎「いただきます」

五郎、キムチを摘まんで食べる。

五郎M「これだ。いかにも韓国のキムチだ」
　審査官はキムチと食べる五郎を交互にチラ見しながら
審査官「(韓国語) うまそうなキムチだ、見てすぐわかるな」
　五郎、他のおかずとご飯を食べる。
捜査官「(韓国語) それは、青のりじゃなくて、ガシリ (フクロフノリ) だな」
　続けて、黒豆を食べ、続けてご飯も食べる。
捜査官「(韓国語) スプーンですくって……」
五郎M「韓国はこの前菜軍団が頼もしい！しかも、どれもこれも旨いときたもんだ」
　他の皿のおかずもどんどん食べ進める。
　娘がファンテヘジャンクを運んで来て、卓に置く。
　五郎と審査官が同時に前のめりで料理を見る。
審査官M「(韓国語) 凄いうまそう」
五　郎「凄いうまそう」

×　　×　　×

孤独のグルメ紹介カット

【ファンテへジャンク】

× × ×

スプーンを取り、まずはスープを飲む。飲む。

五郎M「……なるほど。…胃腸が癒されるってのがよくわかる。二日酔いには無縁だが下戸の俺にも沁みわたる」

五郎、大きなファンテを見て、食べる。

五郎M「これは何だ?……干した魚、みたいだけど……」

五郎、ファンテをスプーンで掬い審査官に見せる。

五　郎「(英語) エクスキューズミー。ホワットイズディス?」

審査官「(韓国語) ファンテ」

五　郎「(英語) ホワットイズ・ファンテ?」

審査官「(韓国語) ファンテは、スケトウダラを自然環境で凍らせては溶かしてを繰り返して、(日本語) ミ……ミズ……水分 (韓国語) 水分を飛ばした食べ物です」

五　郎「?」
捜査官「あ、ちょっと待って」
　　審査官、メモを出し『明太』と書いて見せる。
審査官「(韓国語・ミョンテ) 明太」
五　郎「メンタイ。あ、スケトウダラか…ああ (納得)」
　　匙の上のファンを食べる
審査官「(韓国語) ファンテヘジャンクはファンテを…… (日本語) ごま油 (韓国語) ごま油で炒めて出汁を取って、具として食べるんです (日本語) おいしいです」
　　食べている五郎、感想を求められているのだと思い
五　郎「マシッソヨ。アイ・ラブ・ファンテヘジャンク (笑顔)」
審査官「…… (苦笑い)」
　　五郎、スプーンで豆もやしとご飯を浸して食べる。
　　キムチをスープの中に入れて食べる。
五郎M「……ちょい辛くすると?……これを普段食いできる韓国の人が羨ましい」

審査官Ｍ「（韓国語）しかし美味そうに食うな……今食べられない人の前で……」

五郎、審査官の気配を感じて見る。目が合う二人。

五　郎「少し食べますか？」

と誘うと、一瞬誘惑に負けそうになる審査官。

しかし、ギリギリ踏みとどまる。

審査官「……大丈夫です」

五郎、改めてファンテとスープを一緒に飲む。

五郎Ｍ「……あっさりしてるんだけど、その中に、干しダラの濃い旨味がしっかり滲み出ている……」

ご飯も小皿のおかずも完食している。

五郎、最後のスープを飲み干す。

五郎Ｍ「韓国の食材、ファンテに出会えて良かった〜。腹いっぱいになりました」

審査官Ｍ「（韓国語）やっと食い切ったか。あぁ腹減った……」

五　郎「ごちそう……」

娘「(韓国語) サバです」
娘が卓にサバの塩焼きを置く。
五郎「……サバでした」
審査官、思わず立ち、サバを凝視する。
五郎「……」

実景・東京(夕)

T『東京』
東京タワー近くの道。
五郎の声先行して
五郎の声「メール、読んで頂けましたか?」

五郎のオフィス・中（夕）／松尾家・部屋（朝）

リモート通話をしている五郎と千秋。
五郎の前には食材が並べられている。
エソの煮干し、昆布、椎茸、豚骨と書かれた紙。

千秋の声「はい。食材集め有難うございます。この、エ、ソの煮干しって初めて知りました」
千秋（画面）「フランスじゃ手に入らないです。……あ、あのそれで…実は……」
五　郎「何ですか?」

×　×　×（松尾家）

千　秋「いっちゃん汁っていう、名前のことなんですけど……」
五郎の声「はい」
千　秋「祖父は名前が一朗で、親からは『いっちゃん』って呼ばれてたみたいなんです。祖父が好きな汁だから、いっちゃん汁。つまり……」

×　×　×（五郎のオフィス）

千秋の声「祖父の家庭内での呼び方だったんです」
五　郎「そうだったんですか。どうりで誰も知らないわけだ」
千秋の声「……申し訳ありません」
五　郎「全然大丈夫です」

×　×　×（松尾家）

千　秋「ひとまず、これで作ってみるしかないですよね……出来るかな？」
五郎の声「スープ作りなんですけど、フランスに豚骨を送ることが出来ないので、私の方で試してみてもいいですか？」
千　秋「……いいんですか？　そこまでやって頂いて」

×　×　×（五郎のオフィス）

五　郎「食材を集めてるうちに、私もお爺様が言うスープを飲んでみたくなったんです。もう少し時間下さい」
千秋の声「わかりました。宜しくお願いします」
五郎、リモート通話を切る。

五郎M「とは言ったものの、どうしたものか……」

かっぱ橋道具街

かっぱ橋道具街。
とある店の軒先で、探し物をしている五郎が見える。
寸胴鍋を物色し、購入しようとしている五郎。

五　郎「すみません」

店主の声「はい、いらっしゃいませ」

と、五郎の隣にやってくる。

五　郎「これ、見せて頂いていいですか?」

店　主「はい、こちらですね……30㎝でよろしいですか」

店先の鍋を手に取る店主。

五　郎「はい」

店　主「はい、どうぞ」

駐車場

五郎、MINIに寸胴鍋を積み込み、運転席に。

五郎M「これでスープ作れるかな……あ！　そういえば、ラーメン屋」

五郎、さんせりての名刺を出して見る。

五郎M「近いよな。ちょっと覗いてみるか」

MINIが駐車場を出ていく。

通り～さんせりて・前

名刺の裏の地図を見ながら歩いている五郎。

五郎M「……さんせりて……」

店を見つける五郎。
さんせりて・外観。薄汚れてしまっている。
五郎、店の前まで来て内を覗く。客はいない。
五郎、ゆっくり店のドアを開ける。
扉にはかすれてしまったさんせりての文字。

さんせりて・中

五郎、入ってくる。客はおろか店主もいない。
イスが整列していなかったり、棚が片付いてなかったり整理が行き届いていないのが一目でわかる。

五　郎「すいません！　すいませーん！」
暖簾の奥から店主がのっそりと現れる。

店　主「チャーハンしかないよ」

五郎「……」

店主「他のもん食いたいんだったら、よそ行って」

店主、さがろうとする。

五郎「……チャーハンをお願いします」

店主、暖簾の奥に消えていく。

業務用寸胴鍋は空っぽである。

五郎、カウンター席に座り、改めて店内を見る。

奥でチャーハンを作る音が聞こえている。

五郎、席を立ち、給水器の横のコップを取り、水を入れようとするが、水が出ない。

五郎「……」

五郎、諦めて席に座る。

店主がチャーハンを運んできて無言で置く。

チャーハン。

カウンターに座り、競馬新聞を広げる店主。

五　郎「いただきます……」

五郎、レンゲを手に取り、期待せず、一口食べる。

五郎M「……ん？　このチャーハン」

五郎、続けて食べる。しっかり味わう。

五郎M「……おいおい、ちょっと待て。これは……」

五郎、たまらずワシッ、ワシッと食べる。

五郎M「……何なんだこの味？　火の通し方か？　味付けか？」

カウンターに座っている店主を見つめる五郎。

五　郎「……」

同・外

店から出てきた五郎、振り返る。

五　郎「……」

複雑な気持ちで歩いていく五郎。

SUPレンタルショップ（日替わり）

配送会社の配達員がボードを抱えて運んでくる。

配達員「どうも」

従業員「はーい」

従業員が気付いて

配達員「お荷物です」

従業員「はい」

配達員「よいしょ（ボード置く）」

従業員「何これ? 頼んでないけど……」

従業員、ボードの側へ行く。

配達員「(伝票を見て) えっ、東京の井之頭様から来ちょって(や)」
従業員「(被って) ふーん……井之頭?」
配達員「はい」
従業員「いや、頼んでないっすね」

さんせりて・中

扉が開き、五郎が入ってくる。

五郎「すいません!」

店内には中川一人。チャーハンを食べている。

五郎「……すいません!」

奥の方で競馬新聞を読んでいた店主。
面倒くさそうに、のっそりと現れる。

店主「チャーハンしかないよ」

五　郎「お願いします」

カウンター席に座る五郎。

店主、だるそうに暖簾の奥に消えていく。

×　×　×

五郎、チャーハンを食べている。

五郎M「ん……やっぱり美味い」

五郎、店の奥で競馬新聞を広げる店主をチラリと見る。

店　主「……」

五　郎「……」

中川の声「お会計置いときます」

中川がカウンターに代金を置き、立つ。

中　川「今日も美味しかったです。因みになんですけど」

店　主「アンタさ、しつこいんだよ」

中　川「……」

その声に反応し、五郎も店主を見ている。

店　主「もう作らないって言ってんだろう」

中　川「……ああ、そう（っす…）」

店　主「（被って）ラーメン食いたいんだったら、よそ行けよ。ラーメン屋なんか腐るほどあんだろう」

中　川「…ごちそうさまでした」

と鞄を手に取り、店を出る。

五郎、最後の一口を食べると

五　郎「ごちそうさまでした。また来ます」

と慌てて席を立ち、カウンターに代金を置く。

さんせりて・近くの路地

五郎、前を歩く中川を追いかけ声をかける。

五郎「すいません！すいません！」
その声に足を止めて振り返る中川。
中川「はい」
五郎「あの、さんせりてのラーメン、お好きなんですか？」
中川「え？」
五郎「さっきラーメンが気になるような事をおっしゃってたんで」
中川「ああ……あ、無茶苦茶旨いんですよ、ラーメン」
五郎「………。（気になって）どんなラーメンなんですか？」
中川「優しい味のスープなんですけど、旨味が1つではなく色々交ざりあってるのが素人ながらにもはっきりわかるんです」

喫茶店・中

向かい合って座る、五郎と中川。

中　川「そのスープを、さんせりての大将に作ってもらいたい、と」

五　郎「はい」

中　川「おぉ……気持ちはわかります。でも大将あんな感じですからね。ラーメン作り辞めて、どんぶり全部割っちゃったみたいですし」

五　郎「へぇ……」

注文したものを、運んでくるウエイター。

ウエイター「ホットドッグのお客様」

中　川「(手を上げて）はい」

ウエイター、ホットドッグを中川の前に置く。

ウエイター「チョコレートパフェのお客様」

中　川「(手をあげて）はい」

チョコレートパフェも中川の前へ。

鞄から、スマホを取り出す中川。

ウエイター「ごゆっくりどうぞ」

中　川「(はい)」

戻っていく、ウエイター。

中川、目の前にある、ホットドッグやパフェの写真を撮り、

中　川「(いただきます)」

と、ホットドッグを食べる。

五　郎「………(被って) 他にあてはありませんし、お願いしようと思います。中川さんは、ご主人と面識があるようですし、お力を貸して頂けませんでしょうか」

中　川「(考えて) ん……はい。僕も大将が作るラーメンをもう一度食べたいので。是非協力させて下さい」

五　郎「有難うございます」

中　川「一筋縄ではいかない大将ですからね。なんか作戦を考えましょう!」

ホットドッグを食べ終わり、チョコレートパフェを食べ始める中川。

さんせりて・近くの道（日替わり）

五郎と中川が歩いている。
五郎、食材が入った寸胴鍋を抱えている。

さんせりて・中

中川と五郎が入店する。

中　川「すみません」
その声に、のっそりと出てくる大将、
どういうことかと思いつつ

店　主「(中川に) またアンタか。チャーハンでいいんだよな」

中　川「今日は大将にお話したいことがあって来ました。少しお時間宜しいですか」

店　主「(怪訝) 面倒な話なら勘弁してくれよ」

中　川「（五郎を指し）こちらの井之頭さん。知人に、故郷の五島列島で母親が作ってくれたスープをもう一度飲みたいと頼まれて、で、その出汁に使う食材をあの、見つけたんです。でも、調理に関しては素人なので、是非そのスープ作りを大将にお願いしたいと」

店　主「なんで俺に？」

五　郎「中川さんに聞いたこちらのラーメンスープの味と、知人から聞いたスープの味がすごく似てるんです」

店　主「……」

中　川「……食材を見て頂けますか」

五郎、カウンターに寸胴鍋を置く。

店　主「おい、まだやるって言ってねぇだろ」

構わず、食材をカウンターに並べる。

しばらく食材を見つめる店主。

ゆっくりと食材に近づく。

店　主「……この椎茸、（椎茸を手に）どこで手に入れた？」

中　川「……」

五　郎「……安く仕入れられるルートがあります」

　黙ってなにやら考えている店主。

　しばらくすると、椎茸の味見をする。

　さらに、昆布を見て、エソを手にする。

店　主「これは？」

五　郎「エソという深海魚です」

店　主「アンタ、コレ全部、安く手に入れられんのか」

五　郎「はい」

店　主「（考えて）………時間かかるぞ」

中川の声「やって頂けるんですね」

店　主「……3日」

中　川「！　わかりました」

中　川「宜しくお願いします」

五　郎「宜しくお願いします」

頭を下げる中川と五郎。

さんせりて・外観（3日後）

T『3日後』

同・中

火にかけられている寸胴鍋。

昆布の量を計り、鍋に入れる。

店　主「……」

×　×　×

寸胴鍋の中身。煮込まれているスープ。

丁寧にアクを取っている。
スープを見つめる店主の顔は真剣な料理人の顔である。
そこに、中川と五郎が入店してくる。

中　川「すいませーん、大将」

五郎、厨房の棚を見る。確かに丼がない。

五郎M「本当だ。どんぶり、ひとつもない」

五　郎「……」

スープを味見する店主。

店　主「……あと3日、待ってくれ」

五郎と中川顔を見合わせて

中　川「わかりました……失礼します」

と店をあとにする二人。
スープを見つめ、思案する店主。

道／滝山のオフィス・中

停車中のMINIから降りてきた五郎、携帯電話を出してかける。
今まで使っていたガラケーである。

五　郎「（繋がって）おぅ、滝山」
滝山の声「おぅ、じゃねぇよ。全然電話繋がんなかったじゃねぇかよ。五島から戻ったのかよ」
五　郎「わりぃ、わりぃ。携帯、水没させちまったんだよ」

×　　×　　×（滝山のオフィス）

ヨガウェアを着た滝山が、ヨガのポーズをしながら電話をしている。
（ヨガのレッスン動画を見ている）

滝　山「は？　てことは、やっとスマホデビューか」
五郎の声「いや、結局戻った」
滝　山「なんだよ、それ」

×　　×　　×（道）

五郎「それはいいんだけどさ、ひとつ頼みたいことがあるんだよ」

×　×　×（滝山のオフィス）

ソファーに座り、アイスクリームを手に

滝山「よいしょ」

と、封を切り、食べ始める。

滝山「……30個な。わかった」

×　×　×（道）

五郎「じゃあな（電話を切って）よっしゃ」

MINIに戻る五郎。

さんせりて・中（3日後・夜）

店の外では雨が降っている。

席についている五郎と中川。

店主が五郎と中川にラーメンを出す。
ラーメン。

五　郎「いただきます」
中　川「いただきます」

五郎、レンゲでスープをすくって飲む。飲む。
そして、ラーメンを食べようとすると、
スープを飲んでいた中川が腑に落ちない表情。

中　川「………何かが足りない気がするんです」
五　郎「(食べるのをやめる) ……」
店　主「……」
五　郎「…… (中川を見る)」
中　川「以前、さんせりてのラーメンのスープを飲んだ時のような、色んな旨味が混じり合う感じが、このスープには足りません」
店　主「……そうなんだよなぁ。俺もなんか違う気がするんだよ。食材間違えてんじゃないかな……」

目当てのスープと違って重い空気が流れる。

鍋に近づく店主。

店　主「エソはいい出汁は出るけど、豚骨と合わせると旨味が消える。もっと濃い旨味が出せる魚じゃないかな……」

五　郎「あぁ（考えて）………あ」

×　　×　　×（松尾家・部屋）

回想フラッシュ。

松　尾「おふくろは、小さい時にね…韓国で暮らしてたことがあった」

千　秋「……（聞いてる）」

×　　×　　×（さんせりて）

回想、戻って—

五郎、席を立ち上がり

五　郎「ファンテ！」

店主「何だよ？」
中川「どうしたんですか、五郎さん」
五郎「ご主人。別の食材を用意して出直しますので、お時間下さい」

五郎のオフィス・中

インターフォンが鳴る。
五郎、玄関のドアを開ける。
大きな箱を肩に担いだダニエルが立っている。
五郎の声「ダニエル！」
オフィスの中に入ってくるダニエル。
ダニエル「持ってきてやったぞ（箱を置き）出汁用のファンテ」
五郎「宅配便でよかったのに……」
ダニエル「母親の墓参りのついでだ」

箱の蓋を開けて、ビニール袋を広げる。

五　郎「母親の墓……（見て驚く）ありがとう」

さんせりて・中（夜）

寸胴鍋に届けられた干しダラの頭をぶち込む店主。

昆布、干し椎茸も入っている。

よく混ぜて、干しダラを砕いていく店主。

×　×　×

別炊きの豚骨スープと合わせ、味見をする店主。

とある倉庫前

段ボールを抱えた滝山が倉庫のエレベーターから出てくる。

滝　山「よっこらしょ、おぉ五郎！　お待たせ～」

MINIが駐車している。
車のそばに五郎、中川、ダニエルがいる。

滝山「よいしょ……はい」
段ボールを受け取る五郎。
キャリアにのせ、ネットをかける3人。

五郎「助かったよ、滝山。じゃあな」

滝山「よ、おーい、そりゃあないだろう」

実景・走るMINI

滝山の声「……ホワッチュアネーム?」

MINI車内

運転する五郎。助手席にダニエル。後部座席に中川と滝山が乗っている。

ダニエル「……ダニエル」

滝　山「あ、ダニエル。…マイネームイズ、滝山。ナイストゥミートゥユー」

握手しようと、手を出す滝山。

ダニエルと握手をして痛い目に合う。

滝　山「(悲鳴)あーちょっと……痛っ(手を離し)……ふっ……五郎。何者なんだ、コイツ?」

五　郎「韓国の海上運輸業者で、この食材探しの旅ですごい世話になってんだよ」

滝　山「は、そうなの。でも、なんでソルジャーみたいな格好してんだよ?」

しばしの間。中川、空気を変えようと

中　川「五郎さんと滝山さんってどういうご関係なんですか?」

五　郎「滝山は俺と同じ輸入雑貨商で、もう30年の付き合いかな」

中　川「えー、そんなに」

滝　山「そうなのよ、くされ縁ってやつだね。まぁ今回の件に関してもさぁ、五郎って色んなことに振り回されるもんだから、その都度、俺が助けてやってんの」

中川「そうなんですね」

滝山「それにしてもさ、いっちゃん汁がどんなもので、それがどんな美味しいラーメンになるのか、楽しみだよね……ダニエルはないの？ 忘れられない味？ え～っと、アンフォアゲッタブル、テイスト？」

ダニエル「（怒鳴る）うるさい、お前！ 静かにしろ！」

滝山「（ビビッて）あ、あ、すみません」

実景・走るＭＩＮＩ

さんせりて・中

五郎、中川、ダニエル、滝山がいる。
五郎が段ボールを開くと、どんぶりが出てくる。

五郎「このどんぶり、使って下さい」

店　主「……」

店主、どんぶりに入ったロゴを手に取る。
名刺にあったこのロゴは、妻の志穂がデザインしたものである。

×　×　×

ラーメンの調理をしている店主。
五郎、中川、ダニエル、滝山が並んで座り、調理する店主を黙って見ている。
スマホでその様子を撮ろうとする滝山、ダニエルに止められる。

×　×　×

店主、スープをどんぶりに注ぎ、麺あげ、湯切りをし
チャーシューを乗せ……ラーメンを完成させる。

×　×　×

店主が五郎の前にラーメンを出す。
続いて中川とダニエル、最後に滝山にラーメンを出す。
4人のラーメンが出揃う。

4人「いただきます」
五郎、レンゲでスープを一口飲む。
五郎「！（これだ）」
他の3人もスープを飲んで。美味いという顔。
五郎、ラーメンをすする。すする。
中川、ダニエル、滝山もすすっている。
静かな店内。ズルズルという音だけが響いている。
五郎、丼を持ち上げスープを飲み干す。
他の3人も同じように飲んでいる。
スープを飲む4人を、店主が見ている。
店主「……（皆を見ている）」
そして、4人は一滴残さず飲み干し、丼を置く。
4人「ごちそうさまでした」
嬉しそうに店主を見る五郎。

五　郎「……有難うございました。知人に送ろうと思います」
店　主「……」
中川の声「大将！」
　中川を見る店主。
　中川が席を立つ。
中　川「前にもお願いしたんですが、さんせりてを番組で取り上げさしてもらえませんでしょうか。このラーメンを食べてますます諦められなくなりました」
店　主「……そんなグルメ番組なんか出たくねぇよ」
中　川「あ、そういうんじゃないんです。あの、この店のそのままを再現するドラマでして、大将が嫌がるようなことは絶対にしませんので、お願いします」
滝　山「ご主人、今の時代、宣伝は大事だよ、ね」
　と、五郎たちにも同意を求める滝山。
中　川「お願いします！」
　頭を下げる中川。

店　主「……」

さんせりて・表〜中

店前の照明がセッティングされる。
テントが張られ、撮影準備をしているスタッフたち。
遠藤、挨拶しながらスタッフと共にやってくる。
中川、遠藤に近づき案内する。

中　川「おはようございます、よろしくお願いします」
遠　藤「（被って）よろしくお願いしまーす」
中　川「頭、お気をつけください」
遠　藤「（歩きながら）おはようございます。よろしくお願いします」
中　川「（被って）遠藤さん、入られまーす」
遠　藤「（こころちゃん）よろしくね」

「おはようございます」「お願いしまーす」等

口々に挨拶するスタッフ

店前に到着する遠藤。

中　川「（被って）善福寺六郎役、遠藤憲一さん入られまーす！」

遠　藤「ねぇ、大将ご本人、今日？」

中　川「……（頷く）」

遠　藤「あ、そう」

遠藤、挨拶しながら店に入ってくる。

遠　藤「あ、遠藤です。よろしくお願いします」

スタッフ「（お久しぶりです）」

×　　×　　×

小ぎれいに整えられている店内。

ドラマ撮影のスタンバイが整う。

中　川「それでは『孤高のグルメSEASON11』よろしくお願いします」

遠　藤「（被って）お願いします」

拍手する遠藤と中川。

×　　×　　×

中　川「テスト！」

スタッフたち「テスト」

監　督「よーい、はい！」

中川、カチンコを打つ。

善福寺六郎が店に入ってくる

六　郎「おぉ。いい感じじゃないか」

厨房にいる店主。

店　主「いらっしゃいませ。お好きな席にどうぞ」

六　郎「はい」

六郎、席に座る。店内を見渡す。

後ろに貼ってあるメニュー札。

六　郎「（メニューを見て）おぉ、ラーメンとチャーハンのみとは潔し。しかも今の俺はラーメン腹ときたもんだ……おっと」

店内客役の五郎がチャーハンを食べている。

六郎、それを見て

六　郎「チャーハン美味そう」

監　督「はい、カット」

中川、カチンコ打つ。

スタッフたち「はい、カット」

中　川「次、本番いきまーす」

助監督「はい、直して本番でーす」

遠　藤「あ、本番はモノローグ読みませんから」

店　主「あ、はぁ……」

遠　藤「（五郎に）いやぁ、しかし、旨そうに食べますよねぇ」

中　川「スタンバイ中」

助監督「スタンバイ中でーす」
五　郎「(被って) あ、や……よくわかんないです」
遠　藤「(笑顔で) ホントに」

×　×　×

さんせりて・表〜中 (夕)

助監督の声「はい、今のカットオーケー」
中川の声「はい、チェックオーケー」
遠　藤「お疲れ様でした〜」
「お疲れ様でした」と口々に声掛けるスタッフ
遠　藤「マイクいい?」
中　川「はい、お疲れ様でした」
店のドアを開ける中川。

遠藤、カウンターで、店主に挨拶する。

遠　藤「ご主人、どうもお世話になりました」

店　主「あ、はい（会釈）」

遠　藤「ラーメン、マジで美味かった！」

店　主「いやぁ……」

遠　藤「今度プライベートでも来ますんで」

店　主「（被って）どうも」

遠　藤「どうも、お世話様です……オーケー？（はい）サンキュー」

中　川「お疲れっした」

遠　藤「マジで美味かった！」

中　川「……（ありがとうっす）」

遠　藤「お疲れさまでした」

店を後にする、遠藤。

×　　×　　×

店外。撤収作業が進む中店前で待っている五郎。
中川が店内から出てくる。

中川「五郎さん」
五郎「あぁ」
中川「出演までして頂いて本当に有難うございました」
五郎「いや、こちらこそ有難う。(衣装返し)ドラマの放送、楽しみにしてるよ」
中川「はい、あ、あのこれ、お礼といっては何ですが…」
五郎「(被って)いぃ、いぃ、いぃ、いぃ(断り)」
中川「(被って)あ、いや、あ、気持ちです」
中川、五郎にボールペンを渡す。
五郎「えぇ……」
中川「はい」
受け取り中身を取り出す五郎。
五郎「(ペンにあるキャラを見て)何コレ?」

中川の声「ナナナです」
　ボールペンに描かれたナナナ。

ジニの食堂・外観（夜）

同・中（夜）

　店内のTVでは『孤高のグルメ』が流れている。

　六郎、ラーメンをズルズルと食べる。

審査官の声「（韓国語）このテジャンチゲ本当にうまいな……おかずもおいしいし……」

六郎M（テレビ画面）「（被って）おぉ、いいじゃないか。いいじゃないか……」

　×　×　×

　ファンテヘジャンクの器。

　審査官（私服）がファンテヘジャンクを食べている。

TV前のテーブルに座り、妻と息子も一緒にいる。

六郎の声「(引き続き) はぁ、シンプルでいて奥深い。優しいが情熱的。胃袋の (中でスープがフラメンコ……)」

食堂の娘「(韓国語) サバの塩焼きです」

と、テーブルに置く。

捜査官「(韓国語) ありがとうございます」

食堂の娘「(韓国語) (被って) おいしく召し上がれ」

厨房に戻っていく娘。

六郎の声「……チャーシューには店の本気が、表れる (というが……)」

サバをほぐし始める捜査官。

妻と息子はテレビを見ながら食べている。

妻「(韓国語) (被って) わぁ~すっごくおいしそう」

捜査官「(韓国語) あぁ。この店のサバは本当にうまいんだ」

六郎M (テレビ画面)「……… (チャーシュー食べて) たまらん！」

息　子「(韓国語) ブツブツ言う心の声が面白いんだよね」

捜査官「(韓国語) 何がそんなに面白いんだ？　ほら、あーん」

　　息子にサバを食べさせる捜査官。

六郎M (テレビ画面)「替え玉って出来るのかな」

息　子「(韓国語) お父さん、孤高のグルメ、知らないの？」

捜査官「何？　孤高のなんだって？」

息　子「孤高のグルメ、だってば〜超有名だよ！」

五郎 (テレビ画面)「(被って) すみません、チャーハンのおかわりお願いします」

六郎 (テレビ画面)「おかわり!?」

　　審査官がTV画面を見て驚く。

捜査官「(韓国語) (被って) イノガシラ！……」

　　×　　×　　×

　　テレビ画面。注文している五郎。

五　郎「あと、もう一つチャーハン、お持ち帰りにしていいですか」

捜査官「（韓国語）輸入雑貨商って言ってたのに、なんでこんなところに……」

×　×　×

息　子「誰が？」

捜査官「あの人、お父さんの知り合いなんだ」

さんせりてのある通り（夕方）

五郎、大きな風呂敷包み（中に鍋）を持って歩いてくると、
店の前に長い列が出来ている。
店の中を覗く五郎。

五郎M「……出直すか」

さんせりて・外〜中（夜）

五郎、再び大きな風呂敷包み（中に鍋）を持って歩いてくる。
店から出てきて札を『CLOSED』にする店主、歩いてきた五郎に気付く。

店主「あ！」

五郎「……（会釈）」

置いてあった椅子を片付け、ドアを開ける店主。
店の中に入ってくる五郎。
食器や食材が並び、店に活気が戻った様子である。

五郎「さっき来たけど、お客さん並んでたね」

店主「いや、こんなことになるなんて思ってもなかったよ」

カウンターに座る五郎。
厨房の中で向き合う店主。

五郎「（笑って）良かったじゃない」

店主「まぁ、どうなんだろうね、忙しすぎるのも。……どんぶりのロゴなんだけどさ……」

五郎「あ？ 入れない方が良かった？」
店主「あ、いや、いや、いや……デザインしたの、カミさんなんだよね」
五郎「……（袋から鍋を出す）」
店主「あっ、スープだったよね」
五郎「うん」
　五郎、カウンターに置く。
店主「言われた通り、残してあるよ」
　店主、鍋を受け取る。
五郎「悪いね」
　店主、その鍋にスープを注ぎながら
店主「フランスにはもう送ったのに。なに、五郎さんが家で飲むの？」
五郎「……」
　誤魔化すように笑う五郎。

ナンプンドの港

海上を進む船が港に近づいている。

コミュニティ施設・厨房

ダニエルが荷物（国際クール便）を持ってくる。

ソニョン「（韓国語）荷物？」

荷物を受け取ろうとして宛名を見るソニョン。

ソニョン「（韓国語）あれ？ こないだのあの日本から来たおじさんから、何か届いたわよ」

女性たちが次々と集まってくる。

ヨンスク「（韓国語）おじさん？」

ソニョン「（韓国語）そうそう。日本から来た人いたじゃない」

女性たち口々に「（韓国語）本当だ、ジャパンってかいてある」

「なんだろう?」等々。

× × ×

温められた鍋のスープ。

ソニョンたちが味見をして

「(韓国語) うん、美味しい!」「(韓国語) 本当だ」

「(韓国語) とっても美味しい」「(韓国語) 本当に美味しいですね」

「(韓国語) 何のスープかな」

「(韓国語) 食べたことある味なんだけど」等々。

そんな中、志穂は食器の包装をとく。新しいさんせりての丼である。

丼を、ロゴを眺め、夫が前を向いていることを知り、希望を感じる志穂。

ヘヨン「(韓国語) 志穂も飲んでみて」

志穂の前にスープを置くヘヨン。

静かにスープを啜る志穂。表情が華やぐ。

志　穂「(韓国語) これでラーメン、作ってあげる!」

志穂、立ち上がり女性たちに駆け寄り、賑やかにラーメンを作り出す。
その手前には、残されたどんぶり。

パリ・千秋のマンション・外観

千秋の声「お爺ちゃん、出来たよ〜」

松尾家・部屋〜五郎のオフィス

松尾、静かにしみじみとスープを飲んでいる。

松　尾「（顔をあげ）……違うな」
千秋も飲んでいて

千　秋「え！なんで？　もの凄く美味しいじゃない」

松　尾「うん。でも違うんだよ……うますぎるんだ」

千　秋「え～」

千秋、ＰＣ画面に映るリモートの五郎に向かって。

千　秋「五郎さん」

×　×　×

ＰＣ画面の五郎。

千秋の声「ごめんなさい」

五　郎「あ～、いえ、いえ。とんでもない」

×　×　×

松　尾「まだまだくたばれないな」

千　秋「？」

松　尾「……食材は間違いないと思う。千秋、お前ならもっと下手に作れるだろう」

千　秋「ちょっと！なによそれ、もう～」

松　尾「五郎さん」

松尾、ＰＣ画面の五郎に向かって。

松　尾「……有難う」

×　×　×（五郎のオフィス）

松尾の声「これからの楽しみが出来たよ」

五　郎「（微笑み）良かったです……」

夕暮れのオフィスで、報告を受ける五郎。

エンディング

クレジット。

どこかの通りを歩いている五郎の後ろ姿。

急に立ち止まって振り返り、カメラ目線で

五　郎「（観客に）腹、減ったでしょ」

と、声をかけて、店の中に入っていく五郎の後ろ姿。

（終）

特別対談その1

松重 豊 × 松岡錠司（映画監督）

松重さんが『孤独のグルメ』の映画を作ったとき、一番話したいと思ったのが映画監督の松岡錠司氏。ドラマ『孤独のグルメ』スタートより早くから、放送を開始していた〝食〟ドラマ『深夜食堂』でメイン演出を務めた松岡監督と、充実の映画談義が繰り広げられました。

松重　ドラマ『孤独のグルメ』がスタートしたのは2012年ですが、その際に意識したのが『深夜食堂』でした。

松岡　『深夜食堂』は第1シリーズが2009年ですね。

松重　『深夜食堂』に出演したとき、「こういう作品って愛されるんだな」という体験をできたので、『孤独のグルメ』を始めるにあたっては、『深夜食堂』でやっていたことをなんとなく踏襲したいと思ったんです。

松岡　最初の『深夜食堂』で、松重さんとも初めてお仕事しました。そのとき、たぶん映画ではなくドラマ作品ということもあって、不特定多数の視聴者に忖度してセリフを変えようとしたことがあった。そしたら松重さんが「これでいいはずなんです」と僕に熱く語ったんです。覚えてる？

松重　全然覚えてないです（笑）。

松岡　あのとき「こうしたほうが分かりやすくなるんじゃないかとか、ちょっとでも周りの圧力があって変えようとしているのなら、監督、変える必要はありません」って、僕を説得したんですよ。頭の片隅では「このままのほうがいいんじゃないか」と思っていたときに、そう言ってもらったことで励まされました。

松重　監督に外からの圧力がかかるのは嫌なんです。それに松岡さんは映画の人だから、テレビの現場に来て「こういうものじゃないか」と思ってしまったかもしれませんが、僕ら演者としては見る人に想像させたいし、それができると言いたかったのかもしれません。

谷口ジローの静謐な世界にモノローグは合っている

松岡　『孤独のグルメ』はモノローグが多いですよね。

松重　多いです。

松岡　『深夜食堂』もマスターのモノローグがありますが、心境はしゃべらないことを鉄則にしています。「その後、だれだれさんはこうなりました」とか客観的な事実だけを述べる。原作の『孤独のグルメ』の絵を描いているのは、もう亡くなられた谷口ジローさんですよね。

『犬を飼う』とか『歩くひと』『遥かな町へ』といった作品を描かれた方で、以前、僕も『父の暦』を映画にしたいと思ったことがあります。原作のある『明治流星雨「坊っちゃん」の時代』も傑作です。

松重　谷口さんの作品を映画にしたいと思ったことが?

松岡　「映画に最も近い表現形式は音楽だ」と言ったのはたしか黒澤明監督でしたが、要は絵画とか写真じゃなくて、映画は「時間の流れ」なんです。谷口さんの絵には、そこに「時間が流れている」感覚がすごくあるんです。

松重　完成度がすごく高いですよね。

松岡　そう。だからこそ谷口さんの絵を実写として映像表現に還元するとか、置き換えるというのは、かなり難しいことなんじゃないかと。あそこまで静謐（せいひつ）で心地よく時間が流れている画面を、そのままトレースはできません。

松重　そこまでお考えになった。

松岡　でも谷口さんの絵を実写化するなら、映像の中の会話をダイアローグだけに頼るのではなく、モノローグでいくのはありなんじゃないか。つまりモノローグという手法は、谷口さんの絵と久住昌之さんの書いた原作と、マッチングが良かったのかもしれないと『孤独のグルメ』で感じました。

『孤独のグルメ』は、特定の場所に行きついてはいけない

松岡　今どきは映画に展開や筋立て、物語性や伏線の回収を過度に観客が求めている気がします。そんななか今回、松重さんはどうやって映画として紡いでいったんだろうと。そう思いながら観はじめましたが、立ち漕ぎのところで嬉しくなりました。遭難する前の立ち漕ぎね。でもあれ、正直、もっと見たかった。

松重　あの日、風がどんどん来ちゃって、撮影が続行できなくなったんです。

松岡　そういう事情は分かりますよ。でも自分の作品じゃないから言えるんだけど、特に

あの引きのショットとか、もっと見せてほしかったです。あそこに僕はすごく映画的なサプライズ、面白みを感じたから。「おいおい、この人クレイジーだな」と。

松重　（笑）。

松岡　いい意味で、ですよ。だって普通の人はやらないでしょう。島にＳＵＰで渡ろうとするなんて。でもそれが、観客が映画の世界、映画の時間に入っていくきっかけになったんです。

松重　ありがとうございます。

松岡　だからこそ、長回しででも、もっとす〜っと引きで撮ってほしかった。あの対岸の距離感をもっと見せて……。

松重　分かりますよ！　あのカットに関しては僕ももっと時間が欲しかったです。自分自身がＳＵＰに乗っていたので、どこまでの引きで撮れているかなかなかモニターチェックもできないし、でも風は吹いてくる、雨は降ってくる。アンコントロールになって、まだ撮りたかったんだけど、みんなが僕の生命の危機を感じて「これ以上は無理です！」と引き上げられちゃったんです。

松岡　まあ僕がいたら「ちょっと危ないけど、そのままカメラ回しておけ」って言うね。

だけどそこは初監督だから。観客の皆さんも目をつぶりましょう。

松重　（笑）。

松岡　そこから遭難へと続いていったわけですが、その展開を観たとき、これは僕自身が『深夜食堂』の映画化のときにも感じたことですが、果たしてこの展開で飽きずにもつだろうかと考えました。

松重　ええ、わかります。

松岡　でもね、展開を見守っているうちに、このまま遭難していてくれと思うようになったんです。つまり『孤独のグルメ』という作品は、簡単に特定の場所に行きついてはいけない作品なんじゃないか。もっとさまよってくれと。まあとにかく、五郎さんはクレイジーな人ですよ。とり憑かれたように島に渡ろうとして、あの立ち漕ぎ。やっぱりおかしい。

松重　（笑）。

松岡　いや、面白いということです。都会の片隅にある、特定の店に行くというのも、ひとつの旅ではありますけどね。今回は、どこでもないどこか、東京とか日本の僕たちがたやすく分かる環境ではないところにまで、とうとう行ってしまう。まさに冒険です。『深夜食堂』だと、マスターは人生の旅にくたびれた客を迎え入れるので、基本的に店から出られない。それが今回の『孤独のグルメ』では、主人公は言葉も通じるかどうか分からないところにまで図らずも行ってしまう。「どうなるんだろう」と。あの宙吊りの時間帯がすごく良かったですね。説明ではなくて描写の連鎖になっている。

言葉を介さずとも〝食〟を通じ交流は生まれていく

松岡　入国管理局の人、いいですね。

松重　ユ・ジェミョンさんですね。

松岡　同じアジア人なんだけど、言葉も文化も違うツーショット。なんてことないやりとりといえばそれまでですが、まさしく「こういうことなのかもな」と思わせるリアリティがありました。面白かったです。

松重　もともと韓国パートは脚本の段階ではもっと膨らんでいました。でも予算的にそこまでロケはできないとなって、シナハンに出かけたときに、釜山の入国管理局で話を聞いたんです。すごく丁寧に教えてくれて。「パスポートのないやつが漂流してきたらどうします?」と聞いたら「すぐ連行するけど」と言われましたが、「そいつが腹減って、飯を食わ

せてくれとか、もう先に食べてたらどうします？」と重ねたら「うーん、待つかな」と言ってくれたんです。

松岡　ちゃんと取材から生まれたんだ。

松重　僕の場合は本を作る能力がそんなにあるわけではないので、シノプシスを考えたうえで、肉付けは全部シナハンによって作り上げていきました。

松岡　僕としては、もっともっと北上するなりして、「五郎、このままどこかに行っちまえ！」くらいに思っていた時間帯だったんだけど、遅れてやってきた入局管理局の彼とのふたり芝居が面白くって。

松重　「俺、その料理、知ってんだよ」とか、うんちくを垂れたいんだけど「言葉わかんない。でも食ってみろ、うまいだろ」といった具合に、言葉の通じない人たちが〝食べ物〟を通じて、交流が生まれていく感じをやりたかったんです。

自分の興味を追求している孤独ではなく、幸福な人

松岡　後半のラーメン店主の話は、最初から構想にあったんですか。

松重　ありました。

松岡　あそこを着地点としないと終わらないからね。

松重　伊丹十三監督の『タンポポ』もそうですけど、ひとつ「店の再生」というテーマがありました。僕らもドラマで本当にいろんなお店を使わせていただいてきましたが、コロナ禍があって、そうした方たちが苦労しているのを感じていました。やっぱり、なんらかの形でエールを送りたかった。どうしようもなくなっている飲食店、ここではラーメン屋が、何かのきっかけによって立ち直る画が見たかったんです。しかもそれは五郎が何かやったからというわけではなく。

松岡　やってるんだけど、無自覚だからね。五郎は、自分が面白いと思ったことを、いい歳になってあそこまで追求している。その意味では非常に〝幸福な人〟だと思います。

松重　五郎自身は、自分が孤独だとは思っていませんし。もし「『孤独のグルメ』の主人公ですよ」と伝えたら、「は？」となると思います。「僕は孤独じゃないし」と。

松岡　本人は自分の好きなように店を探し回って、ひとりで食べて満足している。それを客観的に見たときに、ある種の孤独だろうと思うことはあるけれど。いろんなところに行って、渡り歩いて、ひとつの満足を得ている。そうしてただ食べている姿を見たい人（観客）がいることを『孤独のグルメ』が開拓した。『深夜食堂』よりも、より一層「物語性というものがない方がいいだろう」とやってきた作品群です。そこが魅力なんだけど、一方で劇場版においても「物語性を排して、主人公が街をさすらい、ただ料理を食べる展開を繰り返されたら観ていて退屈にならないか」という一抹の不安がありました。

松重　はい。

松岡　そしたらちゃんとお話としての骨格がありつつも、「もうちょっと韓国を観たいな」とか「もうちょっとここが観たいな」と描写の旨みを感じることができた。映画ならではの時空間が、この作品にあったからです。

井之頭五郎は誰かのために何かしようと、思ってない

松岡　『孤独のグルメ』というのは、虚構と現実の狭間でこしらえている作品でもあります。

『深夜食堂』は「あれを作って食べたい」と思う人が多い。対して『孤独のグルメ』は「現実にあの店に行って食べたい」と思う。

松重　たしかに。そこが違いますね。

松岡　この映画の場合は、半分それを封印したわけです。特定の店に行くという構造を。虚構の中で物語を構築しようとした。

松重　フランスと韓国と五島の店は実際にありますけどね。島にたどり着いてからの場所は、あの島がそもそもないし、最終的にその島で取れた食材を使った出汁で作るラーメンも、ラーメン店も実際にはないものですから。

松岡　あと、そもそもの出発点である、塩見三省さんの演じた男性に求められた当初の目的は達せられてないですよね。結局、「あのスープは違った」と。

松重　そうです。

松岡　「何やってんだ」って話ですよ。でも、だから面白い。何かをやろうとしたときに、ほかのことが枝葉として生まれて、そこに乗っかっていったことで、図らずもラーメン屋を再生させた。

松重　それも再生させたくてやったわけじゃない。誰かのために何かしようとか、誰かに捧げようという気持ちは毛頭なくて、運命のように辿り着いた人たちとの出会いに、何か気持ちが動いた結果でしかない。意図せぬものになっているという主人公の立ち位置や生き方が、きっとお客さんにも共感されるところなんじゃないかなと。どこか説教くさくなったり、意図的に何かしてやろうとしていると、「嘘だろ」となると思うんですが、「近いからＳＵＰに乗っちゃおう」とか「腹減ったから貝を食っちゃおう」とかしていった結果なので。

松岡　あれ、ほとんど野生動物に近いよね。

松重　（笑）。はたから見れば孤独なおじさんかもしれないけど、別に幸せなんじゃないかなと感じられる1時間50分にしたいと思いました。

松岡　あと最後にどうしても触れたいのが、井之頭五郎が背中を向けて画面の奥に歩いていくラスト。あれ長いよね。

松重　長いですね。4分くらいあります。

松岡　あれが良かった。

松重　ああ、そうですか。よかった。何か言われるかと思った（笑）。

松岡　観客を慰撫する肌触り、幸福感がありました。この作品にとってとても重要な余韻だと思います。

松重　あそこはスタッフには無理を言いました。芝居とは全然関係ないのですが、とにかくエンドロールが全部流れるまで消え切る景色にしたいと。『孤独のグルメ』の着地点というか、エンドレスということでやりたかったんです。

松岡錠司（まつおか・じょうじ）

1961年、愛知県出身。高校在学中から8ミリ映画を作り始め、1980年、『三月』でPFFに入選。1990年、『バタアシ金魚』で劇場用映画監督デビュー。代表作に『きらきらひかる』（1992年）、『アカシアの道』（2001年）、『東京タワー オカンとボクと、時々、オトン』（2007年）など。2009年に始まった『深夜食堂』シリーズは、韓国や中国をはじめアジアでも高く評価されている。

特別対談その2

松重 豊 × 土井善晴（料理研究家）

〝一汁一菜〟を掲げる料理研究家の土井善晴氏。その思想は、井之頭五郎の「こういうのでいいんだよ こういうので」の名言に通じています。シンプルに食べることと向き合ってきたふたりに、〝食〟について語り合ってもらいました。

松重　僕はごはんを食べるのが大好きなんですけど、料理を作るプロセスも子どもの頃から好き。食べるときに、どうやって作っているのか、何で出汁をとっているのか、考えるのがずっと沁みついているんですよね。今回の映画も〝スープ探しの旅〟を起点にしています。僕自身が北部九州の人間で、東京にきた。今は東京でもある程度向こうの食材が揃いますけど、今回の映画では、思い出のスープを求めて五島に行きます。

土井　やっぱり魚は、福岡、長崎、五島のほうがはるかにいいですよ。

松重　そうなんです。今回脚本を書くのに、何も分からずにフランスにシナリオハンティングに行きました。何をスープの基準として、映画のなかで描くがいいのかを探りに。Restaurant PAGESの手島竜司シェフと話して〝オニオングラタンスープ〟というところにたどり着きました。やはりあれが、フランスのスープの基本なんですか?

土井　寒い冬に身体をあたためるために、オーブンで焼いてアツアツにするというのが、私の知る範囲ですね。実は、最近オニオングラタンスープ作ったんですよ！

松重　あれって結構、手間がかかりますよね。下準備が大事なんでしょうか？

土井　レストランで作るものは大量だから、スープをとるところからはじまるけれど、私の場合は「もっと手軽に！」を探求します。玉ねぎ一つで作るような。

松重　そういう技があるんですか？

土井　技というか、玉ねぎそのものが美味しいから。

松重　カレーとかでも玉ねぎって、絶対基本中の基本ですもんね。

土井　確かに基本ですね。昔は1時間とか2時間とか炒めるのにかけていましたが、最近は玉ねぎを炒めることだけに頼らないようにもしています。

松重　オニオングラタンスープも？

土井　はい。いかに乳化させるか。少しずつ水を何回も加えて、玉ねぎを柔らかくしていくんです。フランス人のシェフたちも、自分で作るならこうします。でも、レストランは、期待以上のものを提供しないといけないから工夫するでしょう。私はそうじゃなくて、もっと工夫しない、原点を探しているんです。わざわざスープをとって、スープを作ることは、シェフがやる分には構わないけれど、日常生活の中では必要ないと思う。美味しいものを

作ろうと思うとダメになってしまうんですよ。

松重　美味しいものを作ろうと思っては……え？

もっと素直に。もっと自由に。五郎のように、自分を信じる

土井　料理とは本来、毎日やること。ただそのとき、そこにある材料でスープを作る。非常に素直なものです。そこから自分の体調に合わせて、少し塩を加えるとか、チーズを入れるとか。フランスの家庭では、そうやってみんな自分の好きに食べるんですよ。それが大切で、当たり前のこと。だから三ツ星のレストランでも塩コショウは必ず置いてあるんです。今はもう「もっと素直に食べようよ」という気持ちで、私は美味しいものを求めない料理人になりました。世界で唯一かもしれません。

松重　それは、土井先生のようなところまで到達した人だけがおっしゃれることで、重みがありますよね。僕が街の飲食店を辿るときは、味噌汁ひとつで「この店は結構期待できるんじゃないか？」という感覚があります。お品書きに〝味噌汁〟と書いてあっても、何味噌なのかも、何で出汁をとったのかも、ときには具が何かも書かれていない。でも、それ飲んだときに〝目に見えない努力〟が感じられるというか。

土井　その感覚が一番正しい。その勘でＯＫなんですよ。今の世の中、自分を信じることができない。例えば学生に飲食店の選び方を聞いても「美味しいって書いてあるから」って。自分では判断できない。情報みたいなものに頼らないで、もっと自由に、自分で判断して楽しもうよ！と思います。そうやって〝美味しい〟を見つける能力っていうのが、まさに『孤独のグルメ』で松重さんがなさっていることなんです。

松重　結局僕は、お店の方の〝目に見えない努力〟を大事に感じたいんです。コロナ禍を経て飲食店が苦境に立たされている状況にあるからこそ、やっぱり〝目に見えない努力〟がきちんと守られているっていうことを、きちんと称賛したいと思っています。

土井　全くその通り！　普段の日常生活でも、いいと思うものがいいんですよ。なのに、便利とか、簡単とか余計なことをしてしまう。例えば味噌汁でも、大根と油揚げだけを水に入れて沸騰させ、味噌を溶いて飲めば、それだけで美味しいんです。大根から甘みが出ていることを感じればいい。

松重　素材の味を感じるということですね。季節によって、それこそ大根の味も変わりますよね。そこにちゃんとシェフが合う出汁と味を調合できるかどうか。

土井　シェフじゃなくても、お母さんでも、お父さんでも、誰でもです。例えば冬になって霜にあたった白菜やネギがある。霜にあたっているから本当に柔らかい。そんな風に自然を見るということです。何を食べようって、スマホを見てどうするんだ！　自然を見て、料理をしたら今度は食べる人を見たらいい。自分も含めてね。それが料理。

『孤独のグルメ』が愛されるのは、日本がどこよりも平和な証

松重　映画のなかで五島から韓国にたどり着く場面があって、やっぱり韓国とは距離的に近いと感じました。不思議なんですけど、獲れる魚も同じようなものなのに、全然味付けが違う。一方で、多少行き来があるわけだから似ている部分もある。

土井　長崎とかあの福岡あたりって似ていますよね。

松重　〝明太〟という言葉自体も韓国からきているし、豚骨ラーメンも、デジクッパとかとすごく似ている。あれは向こうから入ってきたんですかね?

土井　入ってきていると思います。交流がありますから。振り返ってみると、日本は昔から料理の原点が進化していないんです。和食の特徴は〝素材を活かす〟といわれますが〝素材を活かす〟=〝何もしない〟こと。それが最善。潰して細かく切って混ぜるなんてことは、二番手の仕事です。食べられるようにすればいい。味付けだってしなくていい。そんな生き延びるための手段としての料理が日本には残っています。だから世界中のシェフが日本に来るでしょう。フランスだけでなく、スペインや北欧からも、みんな毎年探るように訪れる。ガラパゴスだから発見するものが沢山あるんです。Netflixで『孤独のグルメ』が配信されていて、世界中の人たちが観ていますよね? 何で観るのかって、こんな平和な世界は、世界中のどこにもないからだと私は思います。

松重　そういうことなんでしょうか?

土井　昔フランスで『めぞん一刻』というアニメを観ていたとき。主人公が喫茶店で窓の外の雨を眺めていると、そのうち雨が止んで日差しが入ってくる。それだけのシーンに「日本はガラパゴスだ!」とフランス人が喜んでいました。殺人も起こらない。事件も起こらない。そんな平和な世界が日本にはあるいうことです。日本では当たり前のことだけど、その当たり前に対する自覚がないから大切にしない。意識して大切にするべきだと思うのですが、当たり前の水とか、家族とか、愛情とか、思いやりとかが、どんどんどんどん失われていきますよね。松重さん、何とかしてください（笑）。

松重　（笑）。今インバウンドでいろんな人たちが日本に来て、それこそ景色を見て、美味しいもの食べてっていうのが、一番の楽しみっていいますもんね。

土井　平和で安心安全なんです。だから世界中の人たちが『孤独のグルメ』の松重さんを通じて、それを観ているということ。

松重　12年やってきて、いまだに僕は謎なんです。この番組がここまで、東アジアの人たちからも認知されていて、評価もされている。「面白い」「何度も観てしまう」といわれることがよく分からないんですが、土井先生から見てどうでしょう？

土井　こんなに緊張感のないものが体験できる国はないから。凄いことですよ。

〝料理して、食べる〟プロセスに人間らしく、美味しい物語がある

松重　やっぱり食事っていうことが、関係あるんでしょうか。

土井　ベースですよ。人間にとって一番の現実でしょう。お金が現実だと思いがちですが、料理という現実もあります。食事といえば〝料理して、食べる〟ことが大事なのに、今は食事が〝食べる〟だけになっているじゃないですか。本来、松重さんのようにプロセスが知りたくなるはず。「誰が作っているのか」「どんな気持ちで作っているのか」そこを知ると楽しくなる。不味いものが、美味しくなる場合すらあります。

松重　ありますね！「ああ、だからか！」というのが。流れと文脈が分かるので。

土井　だから物語を知ると人間って、楽しくなって、嬉しくなりますよね。そういうふうにプロセスの大事さが『孤独のグルメ』にはある。

松重　やっぱりそこに至るまでの文脈が綺麗に見えてくるといい。『孤独のグルメ』でも、どういう店主が、どういう街で、どういう佇まいで、を大切にしている。そういう文脈があってからの、最終的に出される料理だったりしますね。

土井 そう。何より生き方が自然であれば、自然と美味しいものは生まれるんです。それが「儲けてやろう」とか「沢山作ってコストを下げよう」とか考えていると、真っ直ぐだったはずのお天道様と自分の間にある食べ物の世界が歪んできてしまう。〝料理して、食べる〟という関係の中には、かけがえのないものがある。

松重 ちなみに、そういう土井さんが、お一人で店選びをすることってあるんですか？地方都市とか講演などに行かれて、ちょっと一人で食べに入ってみようかなって。

土井 ありますよ。まずは入っているお客さんとか、店構えとか……あとのれんとか。

松重 のれんですよね！

土井 あとは、ガラッと開けてそこの空気ですね。空気が悪かったら、間違えたふりをして閉めてしまいます（笑）。特に匂いには敏感。浮遊細菌がいっぱいいるわけですから、何よりも綺麗ということは大事ですね。

松重 ということは、確率的には結構いいところに当たりますよね。

土井 見たら、だいたいわかりますよ。

松重　ぜひ一緒に行きたいですね。

失われてしまった思い出の味と〝究極のスープ〟

松重　今回の映画では、子どもの頃に食べた幻の〝汁〟を追い求めます。土井さんにとって、今はもうこれ食べられなくなってしまった思い出の味とかってありますか？

土井　やっぱり食材そのもので、食べられなくなったものは沢山ありますよね。

松重　例えばどんなもの？

土井　昔は、お正月とかにクジラのハリハリを食べるのがすごく楽しみだったんです。

松重　クジラをハリハリ鍋で食べるんですか？

土井　鍋ですね。水菜とクジラ。甘辛くすき焼きみたいにして卵をつけて食べるんですけど、それが昔は美味しかったです。

松重　今はクジラ自体が食べられない。

土井　あと、おでんにも必ずコロが入っていたんです。クジラの皮を乾燥したもので、出汁に入れないと、大阪の「かんと（関東）炊き」にはなりません。昔のようなコロは、もう

手に入りません。

松重　ちなみに土井さんが考えられる究極のスープって、どんな出汁でしょうか。

土井　究極のスープ……。わからないけど……魚ですね。

松重　何の魚ですか？

土井　魚はね、鮮度良かったらなんでもいいんですよ。以前、五島で漁師のお母さんたちと海岸の岩場で、釣りたての魚を料理したことがあるんです。刺身にするとき、皮を引こうとしたら「旨味があるから皮はそのまま」って。五島では皮目をまな板にぴたりとして切って、そのまま皮を下にして盛り込むんです。今では皮を引くか、炙るかして食べますが、これが刺身の原型だって思った。あとの頭や骨を使って、大鍋でスープを取って、五島うどんを煮て食べた。そのときの驚くほどの美味しさは今も忘れないです。

松重　やっぱり五島って、凄いんですね。なんかもう聖域みたいになっていますよね。

土井　何よりも海がいいんですよね。全然味も匂いも違うから。魚の味も、海の匂いもいいんです。美味しいものには必ず理由がある。松重さんはそこを無意識になさっているから、話が尽きないですね。

松重　やっぱり美味しいものに対しては、誰もが探究心を持っていますよね。まして外国のものだったら、何を使っているかもわからなくて気になる。そういうものがやっぱり旅ですね。まさしく〝スープ探しの旅〟のように、繋がっていく。

土井善晴（どい・よしはる）
1957年、大阪府出身。おいしいもの研究所代表。十文字学園女子大学副学長。東京大学最先端科学研究センター上級客員研究員。スイス、フランス、大阪での料理修業の後、父の設立した土井勝料理学校講師を経て、1992年「おいしいもの研究所」を設立。著書『一汁一菜でよいという提案』（新潮社）では、和食文化の伝統を踏まえた一汁一菜を提案。新しい発想で料理を苦しみから楽しみに変えるきっかけをつくったことが評価され、2022年度 文化庁長官表彰に選ばれた。

松重 豊（まつしげ・ゆたか）
1963年生まれ、福岡県出身。俳優。蜷川スタジオを経て、映画・ドラマ・舞台と幅広く活躍。2007年に映画『しゃべれども しゃべれども』で第62回毎日映画コンクール男優助演賞を受賞。2012年『孤独のグルメ』でドラマ初主演。2019年『ヒキタさん！ご懐妊ですよ』で映画初主演。FMヨコハマ『深夜の音楽食堂』ではラジオパーソナリティも務める。監督・脚本・主演を務める『劇映画 孤独のグルメ』が2025年1月10日に全国公開。

劇映画
孤独のグルメ シナリオブック完全版

発行日　2025年1月10日　初版第1刷発行

著　者　松重 豊　田口佳宏
発行者　秋尾弘史
発行所　株式会社 扶桑社
〒105-8070
東京都港区海岸 1-2-20　汐留ビルディング
電　話　03-5843-8194（編集）
　　　　03-5843-8143（メールセンター）
www.fusosha.co.jp

印刷・製本　タイヘイ株式会社印刷事業部

Printed in Japan　ISBN978-4-594-09985-5